Kadokawa
Fantastic
Novels
U0025882
2
歡迎來到實力至上主義的教室2年級篇
Welcome to the Classroom of the Second-year
衣笠彰梧
トモセシュンサク

西野武子
二年B班的女學生。擁有會頂撞龍園的大膽的一面。

石崎大地
仰慕龍園，二年B班的莽漢。自從親眼見證過後，就很信任綾小路的強大。
小宮叶吾
二年B班，隸屬籃球社。過去曾經捏造暴力事件，打算陷害須藤。

椿櫻子

「你可以無視那個女人。」
「她跟你一樣都是三年級生，我不能這麼做。」
「……那傢伙是鬼龍院，跟我一樣都是B班的人。」
「我在OAA上看過。她是得到高評價的學生呢。」
「只有成績是這樣呢。但鬼龍院完全沒有像南雲那樣的後盾，沒有任何像樣的朋友。」
「別這樣誇獎我，我會很難為情的耶。」
明明完全沒在誇獎鬼龍院，她卻無畏地笑了。

2

歡迎來到實力至上主義的教室2年級篇

Welcome to the Classroom of the Second-year

歡迎來到實力至上主義的教室
Welcome to the Classroom of the Second-year
2
衣笠彰
KINUGASA SYO
トモセシュンサ
TOMOSESHUNSA
2年級篇
Kadokawa
Fantastic
Novels

歡迎來到實力至上主義的教室2年級篇

Welcome to the Classroom of the Second-year

contents

彩頁、內文插畫／トモセシュンサク

White Room學生的獨白

高度育成高級學校——其校舍裡的一年級教室。

現在，那裡正在進行非常粗糙、低階的課程。

同年齡的學生們，正在苦戰著讓人想睡的簡單題目。

甚至讓我有種幼稚園生之中參雜大人的錯覺。

我也時常感嘆在這地方學習有多麼沒意義以及浪費時間，

所以，這種時候我就會想起某個人。

因為光是這樣，內心深處就會湧出「憎恨」這種情感，讓我想起自己停留此處的意義。握住手寫板的那隻右手，也必然更用力。

綾小路清隆。

我是什麼時候知道這個名字的呢？

就算想要回想，也很難憶起正確的日期。

不過，我只確定在我懂事時就烙印在記憶裡。

在White Room裡學習的人，沒有人不知道這個名字。

這是為什麼呢？

不外乎就是因為他比任何一期、任何年齡的學生都優秀。

因為任何人都無法超越身為第四期學生的綾小路清隆。

就結果來說，綾小路清隆被奉為完美的範本。

只是一個小孩，就帶給了整個White Room巨大的影響。

我們這些晚一期的五期生，應該是受到最多影響的。

聽說那個男人不論多麼苛刻的課程，都總是留下優異的成績。

然而，這點我也一樣。我在五期生裡也一直得到出眾的成績。

我不斷證明自己是比任何人都優秀的天才。

然而……我這種天才卻從來沒被誇獎過。

理由應該已經無須說明了吧。

教職員開口說出的話總是一樣無情。

「一年前的綾小路清隆更厲害。」

不論我多麼努力，拿下多麼優異的成績，都無法得到認同。

就只是來命令我追上無法抓住、彷彿神一般的存在。

在同一個房間裡學習的人們之中，也有人「崇拜」神格化的綾小路清隆。

這是多麼沒出息的事啊。

應該為了成為第一名而受教育的人，放棄當上第一名。

這種人根本不可能在White Room裡生存到最後。

結果，他們用不著我嘲笑，就自己脫隊了。

但我自己也並非完全沒有低潮的時期。雖然並不崇拜，但我還是懷疑過綾小路清隆這個人其實不存在，是為了讓我們奮發向上而捏造的架空人物。

這種情緒應該也被教職員們看透了。

某天，我接到教職員們的指示，被帶到外界人士使用的觀摩室。

雖然是透過單向玻璃，但我當時才初次親眼確認到綾小路清隆的存在。

他無從得知我正在看著，淡然地留下了驚異的成績。

我現在仍記得自己面對那個模樣，身體不知不覺地微微顫抖。

不過若問我是不是因為有種看見神的心情，我會強烈否定。

並非如此。那可是危害我們的人物。

不能「崇拜」。為了鼓舞自己，「憎恨」的情緒才是最重要的。

沒錯，憎恨的情緒使我的身體顫抖。正因片刻也沒忘記地持續憎恨，所以我才能成功在White Room裡存活下來。

不過，崇拜或憎恨——那些都只是自己個人的想法或情感。

對組織的來說，學生們會如何都是其次。

White Room的最終目標不是孕育出能當上第一名的人。

而是確立研究並量產非凡且卓越的人。

那就是White Room的存在意義。

不管是我還是綾小路清隆，只要是成功案例，不管是誰都無所謂。

正因如此——失敗案例完全沒有價值。

總之，既然綾小路清隆被選作成功案例，我就不知道現在像這樣學習的自己存在意義為何了。

作為失敗樣本之一，就這樣沒有價值地結束生涯。

這是何等悲慘的末路啊。

變成跟脫隊學生們完全一樣的結果。

我怎麼可能同意這種事。

不論採取什麼手段，我都必須證明「綾小路清隆」不是第一名。

我必須讓組織認同自己才是成功案例。

千載難逢的機會突然降臨。

因為綾小路清隆打破命令，沒有回來重啟的White Room。

拜此所賜，我才得到機會接觸毫無交集的綾小路清隆。

——沒錯。

可以直接葬送他的獨一無二機會到來了。

為此，我最好還是把常識這種不切實際的事拋在一旁。

換句話說，殺了他……也是解決問題的辦法之一。

逐漸改變的校園生活

那天，二年D班迎接了至今不曾經歷過的詭異狀況。

幸村輝彥微抖著右腳，反覆看著教室門口。

「冷靜點嘛，小清出去也還不到五分鐘，他是被老師叫走的吧？我覺得還要再一段時間。」

身為同學、親近友人的長谷部波瑠加對幸村這麼說。

佐倉愛里和三宅明人也陪著長谷部似的坐在一起。

「我很冷靜啦……別擔心。」

幸村一度這麼回答並停止抖腳，但直到再度失去冷靜卻沒有花多久時間。他默默上下抖著右腳，發出了褲子摩擦的聲響。

幸村一放學就打算找綾小路說話，可是因為堀北出現，所以一度作罷。後來又聽堀北說他被叫去了某處，目前才會在教室裡等他回來。長谷部有點放棄似的嘆氣，然後望著窗外。

就是因為知道幸村平常根本不會抖腳，她很快就領悟了繼續叫他冷靜也沒意義。二年D班的教室瀰漫沉悶的氣氛。

長谷部心想迎接春天的五月天空，真的又藍又美。

她接著再度思索怎麼會變成這種狀況。

一年級與二年級搭檔進行的四月特別考試。

當時實施的五科考試，她的朋友綾小路清隆在數學上得到了滿分。

如果是平常的考試，看見考滿分的學生絕對不算稀奇。

以學力前段的幸村為首，班上會定期出現考滿分的學生。偶爾當然也是有出人意料的伏兵考到滿分。像是努力讀書之下的結果，或憑直覺鎖定的考試範圍碰巧吻合。

可是，這次好像跟至今的狀況大有不同。

當然，雖然不至於到幸村那種程度，但長谷部也隱約發現了。

這次的特別考試不論哪一科，班上唯一考到滿分的就只有綾小路。

無法以單純的努力讀書或偶然作結。

「才過了六分鐘嗎……確實是還不會回來呢。」

長谷部身為朋友，無法放著不冷靜的幸村不管。她也想過是不是要聊完全不一樣的話題，但還是決定以陪伴幸村的形式拋話。主要的理由是希望這樣可以稍微分散注意力，但長谷部本身也想知道綾小路達到的數學滿分——這個結果到底有多厲害。

「那是這麼困難的題目嗎？」

她這麼拋出疑問，幸村毫不遲疑地點頭。

「何止是困難，我在考試中連題目的意思都搞不懂。」

不是解不開題目，是連題目本身都不懂——幸村說。

「考試結束後，我據我所記得的調查考題，它大幅脫離了高中生學習的範圍。也就代表，那原本就是不可能解開的題目。」

「這是怎樣？學校也很奇怪吧？這樣根本就不是什麼考試範圍外的程度了吧？」

「的確很沒道理。都怪這樣，每科能考到的點數都急遽降低了呢。雖然也有很多題目沒有茶柱老師說得那麼困難。」

無預警地放入高難度題目，相對地也摻入好幾個低水準的題目。

也就是說，雖然考不到滿分，但題目也被調整成不會拿到低分。

「意思就是學校有做提昇平均分數的考量嘍。」

「因為考試結果也攸關退學呢。這對班上算是幫了大忙。」

這本身是件值得高興的事，但對幸村而言，現在一切微不足道。

「綾小路考了不可能考到的滿分。我……覺得就像是在看魔術表演。」

從幸村刻意以姓氏稱呼，可以觀察到他的憤怒。

「居、居然能解開那種題目，清隆同學真厲害呢！」

佐倉打算盡量改變沉悶的氣氛，掛著伶俐的笑容這樣發言。

但這似乎有了反效果，幸村的表情繃得更加僵硬。

「我認為自己這一年好歹都有在面對這班學生的學力。我就是因為判斷這個情況下不可能有任何人解得開，所以才會對這次的結果吃驚。」

「你就詳細說明嘛。」

聽著綾小路組說話的同班同學篠原，也參加了對話。

等察覺時，眾多同學都已經在傾聽幸村的發言。

「平板上也可以確認吧？這個班有人在任何一科拿下滿分嗎？不對，如果從班上往外看就會更清楚了吧。看看全體二年級生吧。一之瀨和坂柳都一樣，根本沒有任何人考到滿分。」

就像是事實勝於雄辯那樣，幸村提出了實際發生的事。

現在變得透過操作平板，也可以看見二年D班以外的結果了。

「我都沒發現。這樣也可以看見別班的結果耶。為什麼啊？」

吃驚的篠原一臉不可思議地滑著被交付的平板。

「不知道。不知是因為導入ＯＡＡ還是其他理由。不管理由是什麼，下次考試會怎麼公布，就只能等才知道答案了。」

「哇——討厭，這樣我的分數就會被一堆人知道了耶。真是糟透了——」

統籌班上女生的領袖——輕井澤惠發出慘叫。

接著，她繼續這樣說：

「綾小路同學該不會在數學上是天才吧？你們看，電視劇之類的不是偶爾也會有那種用數學解開殺人事件的主角嗎？」

面對輕井澤在與佐倉不同方向上不會看氣氛的發言，幸村傻眼地否定。

「既然這樣，為什麼他目前的數學都不是滿分？要是解得開這次的這種題目，如果至今不是一直滿分或接近滿分的成績，就會無法解釋。」

幸村語氣有點粗暴地說她不得要領。

「你問我這種事，我也不知道。那麼就是那個了吧？在春假期間狂念書之類。」

對於輕井澤偏離重點的回答，幸村漸漸累積起焦躁。

「這不是短期就能辦到的事。就算他做了我想像不到的高水準學習，這也不會變成他解開不在高中學習範圍題目的解釋。妳連這種事都不懂，就不要插嘴。」

面對幸村有點生氣的回應，輕井澤也感到焦躁，並逐漸接近沸點。

「那種事我哪知道，可以不要自顧自地煩躁嗎？我可是很火大。」

「對啊對啊，你還怒輕井澤同學，不是很奇怪嗎？」

前園緊接著掩護似的譴責幸村。

得到夥伴的輕井澤，再次吐嘈起幸村說的內容。

「你嘴上說得一副了不起，難道不會只是你自己不懂嗎？只是你自己解不出來，其實那不是那麼難的題目之類的。」

輕井澤本身也懂自己的發言內容很牽強。

不過，正因為認為必須在這個場面上扮演丑角，所以她態度才沒有動搖。但場面卻逐漸升溫，不論願不願意，大家對綾小路的疑慮都逐漸加深。

「妳忘了嗎？那是坂柳和一之瀨都沒拿下滿分的題目。」

「那麼，難道就不是他碰巧知道那個難題嗎？」

「我說妳啊——」

幸村已經超越憤怒，感到傻眼。

接著在自己腦中整理般地開始說明：

「我……所以也就是說……我認為他原本就對數學擅長到讓人不敢相信。」

「這不就好了？那意思就是我說的那樣，他就是個數學天才，對吧？」

「重要的不是這個。假如是這樣的話，他——」

「啊——抱歉。我想到一件事……」

話題開始往意想不到的方向走，南節也更是作為參戰者突然加入對話。

「綾小路忽然考到滿分，確實讓人費解呢，幸村說的話也沒有奇怪之處。可是，不覺得說是數學天才也太突然了嗎？因為他目前都沒有考過很厲害的成績。」

他這次替幸村圓場似的，往不同的方向拋出疑問。

「雖然就是這樣，所以我才會想到啦——綾小路那傢伙該不會做了什麼壞事吧？」

幸村以及許多學生開始懷有「綾小路是數學天才」的想像。這是從正面提出否定意見的形式。

假如他不是憑實力解開題目的話——這種疑問。

「或許有可能耶。像是看過考卷之類的。你們想想，一年級時也有過吧？對，就是那場跟考古題出題完全相同的考試！」

池寬治想起似的大聲說。

一年前的春天，同學從三年級生那裡拿到了考古題。雖然是難度非常高的考試，但只要記下來的話任何人都可能考高分。

「不過，如果跟考古題一模一樣，消息卻沒傳來我們這邊，不是很奇怪嗎？再說別班每個人都沒發現也很奇怪。」

對於池的說法，宮本冷靜地說出無法認同的地方。

「那麼……他是利用不能說的方式，事先知道題目跟答案嗎……？做出不正當的行為。」

「他要怎麼做出不正當行為啊？」

對池懵懂的回答，站在旁邊的篠原吐嘈說。

「駭進學校的電腦偷出答案之類的！這不是有可能的嗎！」

「那樣的話，想法就跟輕井澤一樣……」

幸村對班上逐漸不可收拾的慘狀感到頭痛。

但偶然的是時間因為這個話題討論熱烈，而開始確實地流逝。

爭論的核心逐漸往綾小路可能不是憑實力解開，而是利用什麼方法得知答案這個方向變得熱烈。

考慮到他至今都沒考到高分，這或許是很自然的發展。

抹除這種趨勢的人，是之前都靜靜聆聽著的須藤健。

身高超過一百八十六公分的高個子站了起來，聚集了班上的視線。

「你們好像聊得很熱烈，可是根本就沒有綾小路不法的證據吧?別在他本人不在的地方擅自斷言。」

這是極為正確的發言，但大家都對於須藤說出這種話掩飾不住驚訝。

尤其是對平時就跟須藤很要好的池來說，這似乎很沒意思。

「什麼嘛，健。你打算站在綾小路那邊喔？」

「不是那樣。可是，不可能輕易看見答案卷吧……我只是認為他憑實力考滿分的可能性比較大。」

「你說是實力，他上個月ＯＡＡ裡的學力可是比我還低耶。如果沒做什麼壞事，當然不可能吧？」

發言的後半段有點含糊，但他還是陳述了意見。

「須藤同學說得沒錯吧？因為宮本同學的學力也被須藤同學超越了。」

「也就是說，他跟一年級時不一樣了吧？不論是誰都會成長。」

宮本看見放學後更新的ＯＡＡ，做出彷彿斷定有不法行為的發言。

對於輕井澤銳利的指摘，宮本露出有點尷尬的表情。

須藤一年前說是年級吊車尾也不為過，他在更新後的ＯＡＡ上，學力一口氣成長到了五十四。雖然只比宮本的五十三多了一個數字，但依然超越了他。

「畢、畢竟須藤讀了很多書，我認同他的成長……可是，綾小路的狀況是成長太多嘛！」

「所以，他也可能只是像高圓寺一樣在放水。」

這邊再度燃起輕井澤說的那種「只在數學上是天才」的爭論。

雖是兜圈子般的討論，狀況還是開始往更糟的方向前進。

「這樣就更是問題了吧？意思不就是他沒在替班級貢獻嗎？」

沒考到原本考得到的分數。

如果真的隱藏實力，池說得也沒錯。

須藤他們平常是很要好的一群，卻開始陷入起內鬨的狀況。

一名學生判斷不能讓沒完沒了的爭論繼續下去，於是出面調解。

「冷靜一點吧。在這裡激動起來，這件事應該也不會解決。」

平田洋介對班級氣氛越來越糟的狀況喊停。通常，平田都會率先扮演統籌的角色，但他這次直到最後一刻都貫徹沉默。因為他決定在掌握同學們思考什麼、怎麼認為之後，再打破局面。

平田先對須藤溫柔地說：

「須藤同學，差不多是社團活動的時間了吧？」

「咦？啊，喔，這麼說來也是。」

須藤像是突然被點出現實而回過神來。

「我知道這件事讓人在意，但現在也有很多不確定的地方。我覺得只因為猜測就甚至對社團活動造成影響，並非上策。你應該已經知道不會只是說句『只是遲到一次』就可以解決的吧？」

平田判斷先減少留在教室裡的人數最重要。

讓連社團活動都忘記並激動起來的須藤等人冷靜下來。因為導入OAA，在意自己成績的學生變得很多。須藤也是其中一人。

須藤拎著背包，稍微凝視了在這場騷動中不打算說任何話的鈴音的背影，然後靜靜離開教室。要參加社團活動的學生也接連地跟上。

「我也要走了，抱歉，啟誠就交給妳們。」

「嗯，待會兒見喲，小三。」

綾小路組的其中一人——三宅像被長谷部與佐倉目送似的，也做好準備前往弓道社，接著離開了氣氛不平穩的教室。

儘管其他學生也零星打算踏上歸途，似乎還是有半數以上的學生繼續留在教室。

1

我們D班升上二年級，考完了第一場特別考試。

我因為與寶泉的糾紛，所以左手受了傷，不過也成功藉此排除了退學的危險性。作為代價的傷口痊癒大概還要一段時間，但這也無可奈何。

我在被月城目送的形式下離開會客室，一關上房門後，就輕吐一口氣。

這下子平凡的學生日常就會再次歸來……

狀況已經漸漸連這種天真想法都無法擁有了。

說來，現在的環境已經開始遠離日常。

被代理理事長叫出去談話這種異常的事，多數學生都會歪頭納悶。我這麼想，同時放棄地心想就是存在著無可奈何的現實。

我逃來這所學校，這會是永遠伴隨我的枷鎖——我只能這樣看開。因為解脫的唯一手段，除了「退學」之外別無他法。

「談話好像結束了呢。」

「嗯，算是。」

在離會客室稍遠處等待的茶柱，理所當然似的前來跟我會合。

我看見茶柱的身影後有點失望，但沒把情緒寫在臉上。

月城目前不知道我跟二年D班的班導茶柱，還有二年A班的真嶋老師合作的狀況。這種情況下，茶柱一直等待被月城叫出去的我，就只會很不自然。

考慮到利用茶柱把我叫出來算是在用班導的職責，這就很普通，但如果對方是月城的話，也無法否定他可能會把這當作陷阱利用。就是因為這樣，所以老實說我原本希望她離開，而且不要在這地方再次接觸。

如果是普通的教師與學生的立場，留下來等人就是不自然的行為。

若是再沉著一些的狀況，茶柱說不定也會想到這件事。

應該是我在數學上考到滿分並讓同學都知道我部分實力，這件事對她造成了影響。我不是不懂她忘乎所以的心情，但茶柱的行為還是很輕率。

但我有一件是要替她說的，就是這件事的原因應該在於我們對那男人的評價差異。

從茶柱的角度看，她就只是優先想到「這件事跟自己帶的學生的父親有關」的部分。

因為她連White Room的背景都不知道，這也沒辦法。

對月城的戒心、關心程度自然而然也會產生一段差距。

正因如此，我對這點什麼也沒說。

因為現在只能盡快離開這地方，我加快了腳步。

「今天開始，你也變成稍有名氣的人物了呢。」

才想著她開口說話了，內容果然是關於那方面的嗎？

「雖然不開心，但這是必要的措施。我只能接受成還在容許範圍了呢。」

「不過先不說別班的學生，你打算怎麼跟同學解釋？你至今都極力扮演不起眼的學生。如果在那種難度的數學考試上滿分，同學當然不會置之不理。你有預先使出對策嗎？」

我當耳邊風，同時思考著今天接下來的事。

因為我把書包就這樣放在教室，所以待會兒必須回去。

「我也沒辦法預先使出對策吧？這個階段才要開始執行。」

特地預告會在這次特別考試的數學上考滿分才不正常。

「這會很麻煩，你要做好被不斷提問的覺悟。」

「我知道。」

如果她對接下來的狀況有些理解，我還真希望她盡快釋放我。

「可以到這邊就好嗎？和班導單獨走著，在現在也有些引人注目。」

「知道了知道了。」茶柱低語，並往職員辦公室的方向邁步。

她應該認為自己有盡量消除情感，但我可以輕易地看出她流露喜悅。

她看起來比任何一名班導都與學生保持更遠的距離，但或許其實是處在最接近學生定位的教師。她對學生時代的自己有留戀，所以充滿無法壓抑的情感。

如果是面對普通學生，靠那張撲克臉應該就很足夠……但依我看來，她就是個滑稽的人。好處理是優點，但現在只是個妨礙。

繼續把資源分給茶柱也很浪費，我要暫時忘掉她。

我接著拿出手機，試著打給堀北。雖然響起撥號聲，但是沒有接通。

我試著傳了簡短的訊息，但是她沒有已讀。

「沒辦法了嗎？」

現在最有可能幫忙打破現狀的就是堀北。

目前為止的一年，還有數學上的比賽，或是關於學生會的事。

稍微說明狀況，她就會有一定的通融。可以的話，我想稍微事前安排，但現在似乎也只能直接上陣應對了。

可以看見二年Ｄ班的教室了。

我在數學上留下滿分，教室會是什麼狀況呢？

如果可以一如往常，幾乎所有學生都已經踏上歸途，那就太令人感激了。

我抱著這種希望回教室，結果發現眼前展開一片與我期望方向不同的景色。

距離被月城叫出去再回來這裡，大概稍微短於三十分鐘。

通常這是大部分學生都已經湧出校外的時段。

教室裡只有參加社團活動的學生不在，還是有不少人留下。

目的當然不外乎就是我吧。

對於直接感受現場氣氛和視線的人來說極為明顯。

其中也有剛才沒接電話的堀北的身影。

看來堀北比我想的更看得清狀況。

我就這樣連感謝這點的時間都沒有，回來之後就有學生帶頭同時接近而來。

首位打者是綾小路組的其中一人——啟誠。他與細細品味喜悅的茶柱有鮮明的對比，表情似乎蘊含著焦躁。

「你剛才明明來找我，真抱歉啊。」

啟誠一放學就來找我說話，但因為堀北的登場而被打斷，所以我就先對這點致歉。

「那種事情沒關係。比起這個，你時間沒問題吧？我有幾件事想要問。」

同為綾小路組的波瑠加、愛里也立刻靠來我身邊。

明人不在，應該是因為剛才提到的社團活動。

人數眾多的其他觀眾，則觀察狀況似的側耳傾聽。

「你……數學一百分是怎麼回事？我在ＯＡＡ上試著粗略調查過二年級，但一之瀨和坂柳都沒考到滿分。全年級裡只有你一個。」

在考試分數上稍微拿到好分數，通常也不會變成這種氣氛。

但這次的考試是例外。

尤其學力越高的學生，越理解考到滿分的異常。

就算是學力不足以理解這點的學生，恐怕也從周圍聽說了這件事的異常，進而理解了的樣子。

「關於這件事——」

我游移視線，向教室前方座位的主人堀北求救。

「嗯，我來說明。」

堀北這時原本應該也已經踏上歸途，但她大概是看見留在教室的學生們，才決定要留下來。這是正確的判斷。是不是為了替我圓場才留下來，從她望著我這邊來看，也不需特地確認。為了聚集分散的視線，她離開座位，特地走來我的附近。

「我……是在問清隆。」

啟誠對堀北作為多餘的外人湊進來，表示了厭惡。

「是啊。不過，幸村同學，對於你的疑問，擁有正確答案的人是我。」

「……這是怎麼回事？」

堀北利用費解的巧妙說法，把啟誠和同學的注目凝聚於一身。

「這是我和幸村同學——不對，是二年級的任何人都無法拿到的數學滿分。綾小路同學為什麼能考到，非常不可思議吧？」

堀北問了啟誠，但這個疑問應該是全場一致。

「嗯……老實說，我的腦袋很混亂。我剛才也說過，考試最後階段出現的題目，實在不是有辦法解開的東西吧？我實在無法理解清隆若無其事地解開那種題目。」

實際上，我記得考試開始後，班上就有一部分人發出驚呼。以啟誠和洋介為代表，成績前段

的學生們都對高難度的題目做了討論。話題也有出現在綾小路組，我記得當時的我沒有回答有沒有解開，而是曖昧不清地帶過。

「那是班上人人都解不開的題目，清隆也知道這件事，但他甚至沒有表現出自己解開題目的驕傲舉止。這很奇怪吧？甚至不禁讓人覺得是做了什麼不能說的那種……虧心事，從一開始就知道答案。」

「他作弊……是啊，你會這麼覺得、會想這麼認為也不足為奇。」

堀北直接表達出啟誠刻意含糊說出的話。

啟誠尷尬地別過臉，堀北緊接著說：

「這狀況下會懷疑也理所當然。如果我是不知道任何內情的學生，一定也會像你一樣猜測綾小路同學做出不正當舉止呢。可是，事實上並非如此。」

堀北稍作停頓，略微帶過同學們的注目。

「我也打算之後對現在不在場的人做相同的說明，如果要把綾小路同學考滿分的謎團解釋清楚，就要回溯到去年早春的時候。」

去年的早春——換句話說，就是我們入學這所學校之後。

「雖然前陣子換過座位，但在那之前，我跟綾小路同學的座位相鄰，這點應該還記憶猶新吧？我一入學就馬上跟綾小路同學說了話，那時偶然得知他是非常會讀書的學生……而且比我還厲害呢。」

「比妳還厲害？等一下。我記得清隆的成績在入學後全都是平均左右。雖然很抱歉，但他沒有任何地方會讓人特別看待。事實上他在ＯＡＡ上也在整體中間的Ｃ吧？」

啟誠回顧過去，記得很清楚地吐嘈，堀北對此也不為所動。

「當然。因為第一場考試結束時，我的戰略就開始執行了。」

堀北這樣說完，這次則離開我，開始走向講台。這是為了接收所有學生們聚集的目光。應該是為了讓他們把注意力從我身上移開。

我有預想過她會幫忙，但她展現出比我想像中更高明的做法。

「他從一開始就擁有足以在數學上拿到滿分的知識。我在比任何人都早的階段就知道這件事，所以才想到要使出一點戰略。」

「……一點戰略？」

依啟誠來看，他抱持的疑問大概不只一個。

他應該也很好奇我是怎麼學到那些知識才對。

但堀北暫且切割這點似的繼續說。

不是如何獲得知識，而是為何隱瞞自己會讀書。

她只聚焦在此，讓大家往這點注意。

「去年四月，D班學生對於被匯入鉅款高興得忘乎所以。雖然很難為情，但我也是其中一人。但我私下還是有預感或許會發生什麼不測的事態。所以作為嘗試，我就試著拜託了我的鄰居——綾小路同學。我說希望他在考試上放水。該說是保留戰力與王牌嗎？我當然是請他停在不會扯後腿的程度。而那程度就是學力判定C這個學校的評價。」

我至今都不曾引人注意的學力。

堀北解釋那是因為她刻意製造的戰略。當然，如果好好回顧一年前，應該也會有人發現這很奇怪。像是當時的堀北不是那種會跟他人和睦相處的類型，以及她又是在什麼時間點察覺我的學力很高。要吐嘈的地方絕對不少。

可是一年前的記憶，對許多人來說都已是過去的陳年往事。如果是會烙印在海馬迴的強烈事件就另當別論，但因為那不是印象深刻的場面，所以又更是如此。

很少學生能彷彿是昨日發生的事情般地回憶起來。

他們會擅自腦補，覺得原來有這麼回事。

但對於啟誠這種懷有強烈不信任感的人，當然不會如此輕易放過。

他不放過堀北似的追問無法完全掩蓋的部分。

「……實在很難相信耶。如果妳對學校的機制抱著懷疑，一開始就請他拿高分，對班級來說也能有利地運作。如果能在這次的考試上考到滿分，這樣學力A或學力A＋都並非不可能。即使是一個人的成績，班級點數應該也會緩緩上升。」

我不懂保留的好處——啟誠說。

「是啊。要是只追求眼前的班級點數，這樣就好了。可是，假如他一開始就使出全力的話——綾小路同學現在會怎麼樣？不對，正確來說，是可以預想到怎樣的未來？」

面對啟誠抱持的不信任，堀北沒有逃避，而是正面即興挑戰。

她的發言流暢，彷彿最初就計劃好。

「可以預想到怎樣的未來……？」

他無法理解而直接反問，堀北則開始說明：

「假設就像你說的那樣，綾小路同學從四月開始就使出全力，五月的時候，他這個名字應該也會被坂柳同學、一之瀨同學、龍園同學等人知道。他在數學上可能是整個年級的第一名。如果留下這種對手，對別班來說，他遲早會變成礙事的存在。就算有人採取行動打算排除他也不足為奇。」

「妳是說他可能會被盯上？」

「是啊，這間學校不管發生什麼都不奇怪。實際上像班級投票那種特別考試，還執行了要強制弄出退學者的內容。事實上，綾小路同學就因為坂柳同學的戰略而一時遭遇退學危機。雖然是平凡的他偶然被當作替死鬼利用，但依然有被當成真正目標的疑慮。」

堀北解釋——視狀況而定，退學的或許會是我，而不是山內。

「不對，那是錯的。如果清隆一開始就使出全力，就算被拿去跟山內做權衡，結果也會非常清楚。」

「難說呢。山內同學也會為了不被退學而周旋得更高明吧？坂柳同學的戰略或許也會更複雜且難以看穿。再說，山內同學比綾小路同學擁有更多親近的朋友。視拿什麼來權衡而定，看法應該也會不一樣呢。」

正因為這些內容會變成各持己見，所以啟誠也無法繼續追究。

就算他提出其他考試，應該也會變成類似的討論。

「……既然這樣，為什麼要在這個時間點？貿然展現實力這點不都一樣嗎？他會因為突然嶄露頭角而受矚目，今後或許會被當作恰好的靶子。」

他表示一年前發揮全力和現在發揮全力，沒有風險上的差異。

對堀北來說，這個回答她似乎已經設想過了，完全沒有慌張的樣子。

「不對，一年前展現實力和現在展現大有不同。這年我們D班的團結力大幅提昇，同學也各自累積了實力，而且開始能做出正確的判斷。」

如果回顧一年前的自己，啟誠應該也看得出來。

「這並不限於綾小路同學。例如說，沒錯……雖然須藤同學不在場，但他就很好理解了吧。

他去年的這個時期是個慘不忍睹的學生，在這個班上無疑就是最大的累贅。可是現在又怎麼樣呢？雖然現在還有一些性格暴躁的痕跡，但有了很大的改善。連學力都展現出卓越的成長。然後，這些與他原本就有的高身體能力相互作用，五月的時間點，他在ＯＡＡ上的綜合能力甚至比你還要高。」

四月的階段是啟誠比較高，但經過這次的考試，須藤逆轉了情勢。

她以ＯＡＡ的綜合能力這個無可否認的數值，向啟誠提出事實。

「剛入學時，我和你有保護須藤同學的實力或打算嗎？」

對於曾經爭論應該捨棄須藤，連保護方法都不曾思考過的學生們，究竟能否拚命守住同學呢？但是假如現在須藤陷入窘境，啟誠應該就會竭盡全力一起思考保護他的戰略。

「現在的話，就算綾小路同學被盯上，我們也可以合作保護他。我是這麼判斷的。就是因為這樣，我才會決定要公開綾小路同學的能力。」

有一部分的學生開始接受，心想原來是這麼回事。

可是，這狀況半數以上的同學都還有幾個疑慮。

話雖如此，堀北應該不可能擁有足以讓大家接受的材料。

因為既然這件事已經用謊言加固，無論如何都會出現破綻。

當然，即使是現在這種狀況，也不是不能暫時休戰。

可是，如果有更強力的幫助，事情就不一樣了。

我確認視線多半都聚集在堀北身上後，便看了洋介。

這個男學生在班上被寄予絕對的信任。

雖然洋介面向堀北，但還是會不時假裝看周圍，同時做出觀察我模樣的舉止。然後，我在判斷不會被人發現的時間點與他對上眼神。

洋介就和其他同學一樣，我有很多事情沒告訴他。如果是其他學生，就會跟啟誠他們一樣抱著疑問與疑慮，就算對我提出尖銳的質疑也不足為奇，但只就洋介來說，我不用操這個心。

他只會最優先考量怎麼做對同學最好。

然後，這種狀況下就算不用說明，他也很清楚自己被賦予的職責。

「我稍微可以理解妳保留實力戰略的意義。這是以此為前提的疑問——意思是說，綾小路只有特別擅長數學嗎？」

「關於這點，現階段我無法回答呢。」

堀北冷靜地回應啟誠。

「綾小路同學這名學生的實力有無全數發揮——不論這件事如何，透過隱藏『真相』，他在別班眼裡可以一直都是個棘手的存在。」

「這——」

「原來是這樣。我充分理解堀北同學想說的意思了。」

啟誠不肯罷休，而觀察著動向的洋介，從她背後掩護射擊。

然後自己也慢慢走向堀北的身邊。

「我不了解狀況，所以一直在聽妳說明，但原來是這樣啊。看不見具體素質的對手，確實會顯得毛骨悚然。他們會想知道更多細節而蒐集資訊。可是，就連同學都不知真相，所以不管再怎麼深入調查也沒意義。」

他淺顯地向周圍傳達似的補充，同時填補爭論的破綻。

堀北判斷這樣的洋介是夥伴，因而步調一致地點頭同意。

「對。反正今後都會引人注目，那就該徹底利用。讓對手覺得他是未知的存在才會是上策呢。現在，就算這瞬間教室外有學生在偷聽也不奇怪。畢竟這裡就是這種學校。」

所有人都往走廊方向看了一眼。綾小路這個學生是只擅長數學，還是也擅長其他事情。她要先讓敵對班級迷惘該將他定位在該多警戒的階段。藉由與洋介的發言交錯在一起，堀北的發言產生了更多分量。

「堀北同學真的很厲害耶。我都有點感動了呢——」

然後，惠在此乘勝追擊地做出少根筋的發言。

「欸，篠原同學，妳不這麼覺得嗎？」

她尋求贊同似的面向她的朋友——篠原。

她的目的大概是為了不讓注意力只聚焦在我的實力，於是透過也吹捧堀北來讓大家分散注意力。我沒有對惠像洋介那樣給暗示或指示，但她似乎一瞬間就理解自己辦得到的職責並加以執行。

「真的耶。總覺得以前都會看到堀北同學跟綾小路同學說悄悄話的樣子，原來是有在好好替班上著想啊。」

堀北一開始入學，不太會跟除了我以外的人說話。

事到如今，這也作為加分材料發揮了作用。

這麼一來，這件事應該就會讓人覺得有一定的可信度了。

洋介跟惠的這些別人不會明白的巧妙圓場發揮了效果。既然洋介他們這麼認為，那就一定是這樣了。這種集團心理強制起了作用。

「隱藏實力的戰略嗎……別班現在確實也會相當驚訝吧。」

一直懷疑到現在的啟誠也不例外。

「雖然我自己也沒有完美掌握這所學校的狀況，但我認為先做出一個保險手段也好。不知是幸還是不幸，也因為綾小路同學不擅長溝通，他似乎很不喜歡引人注目。這在種意義上，他也是想先隱瞞的呢。」

堀北說這是我們雙方想法一致才辦得到的戰略。

她移開看著啟誠的視線後，便對同學這麼說：

「這就是針對綾小路同學數學滿分的計策。讓各位嚇了一跳，真是抱歉。」

堀北在無法重來的狀況下漂亮地說完並度過危機。但是，悠哉地讓學生們在這裡拖拖拉拉下去，疑慮不見得不會再次萌芽。

「我覺得這件事最好先暫時在此打住。因為就像堀北同學說的那樣，不知道有誰會在哪裡聽著呢。」

洋介巧妙地誘導總結，說明繼續談下去的缺點。越聰明的學生，越會留下疑問。但越是聰明，也會越快理解不該在這裡談論此事。一直不斷提問的啟誠陷入沉默就是證據。

可以當作他是透過這場討論，在一定程度上轉移了疑惑。

而且因為堀北超乎想像的功勞，今後我也會變得容易行動了。

在數學之外的地方展現實力也都是因為隱瞞——可以打造這種基礎很重要。

沒有事先跟她商量就能完成，所以我真的很感謝她。

解散後的教室。

學生們迎接了較晚的放學，並且各自四散。

我之後再向堀北和洋介答謝應該會比較好。堀北似乎有察覺這點，她比任何人都早離開座位。洋介則跟以惠為中心的女生們一邊談笑，一邊邁步而出。我也混進他們似的拿著背包出了走廊。

這樣我的一天就結束了……事情大概不會這麼單純。

要讓大眾理解概略，這算是很足夠，但如果變成個人問題就另當別論了。

幾名學生馬上往我這邊追了過來。想也不用想，當然就是綾小路組的成員。帶頭的人物從背後接近的腳步聲，格外強勁且大聲。我不用回頭，也知道啟誠累積了多大的挫折。

我假裝沒發現並往前走，過沒多久就被叫住了。

「清隆。」

我被呼喚名字，於是慢慢停下腳步。

回頭時看見了他們三人的表情，好像都還是很僵硬。

「居然連招呼都不打就打算回去，這樣有點過分吧？」

小組裡最有話直說的波瑠加，語氣有點強硬地這麼說。

這是搶先代替在前方露出嚴厲表情的啟誠，以及在最後方擔心著我的這兩個人發言的狀態。

這似乎起了效果，激動起來且正要開口的啟誠一度閉上了嘴。

他接著稍作停頓，重新向我開口：

「你怎麼沒事先告訴我們這次的事……如果就像堀北說的那樣是為了隱瞞，那意思是你不信任我們嗎？」

儘管對內容有一定程度的接受，啟誠還是很不滿。

這也理所當然吧。

這等於是踐踏了啟誠認真、設身處地教我讀書的心情。

就是因為了解這點，波瑠加和愛里才會擔心地一同跟了過來。

輕鬆的做法，就是把一切當作是堀北的責任。

可是，我實在無法忍受對剛才的重要演員這麼做。

不對，不需要這種感情論。在此必須考慮將來。

啟誠的學力很高，對於狀況的判斷在班上也絕不算遲鈍，但如果無法正面讓他接受，就會不斷帶給他的精神強烈負擔。若他變得無法正常發揮，對班上來說應該會是個傷害。從指揮並率領班級的堀北的立場來看，這不會有好處。

「我信任你們。可是我判斷不告訴任何人才會走向未來。就是因為關係要好，我才會決定強

忍想要說出來的想法，並且瞞著不說。」

我沒有把責任推到任何人身上，告訴他這完全是我自主判斷。雖說啟誠前來逼問我，但見到他因為波瑠加的一句話就對自己累積的情緒有所猶豫，藉由我這麼做，啟誠就會更得讓自己的情感往後退縮。

「我了解你因為這件事而氣憤的心情。因為你比任何人都更設身處地地教導小組，還有教我念書呢。我很抱歉。」

教育的對象比自己還要厲害——如果被隱瞞這種事，不管是誰都會覺得不高興。

一旁的波瑠加和愛里應該也有類似的心情。

波瑠加在旁邊聽著我的謝罪，除了最初的那句話之外都緊閉雙唇。

應該是因為她判斷接下來是啟誠該自行思考、自行消化的事。

「老實說我還在生氣。如果沒必要教你念書，你也能一開始就這麼說才對——就說你會順利熬過考試，所以要自己讀書。」

「是啊。」

從啟誠來看，我的狀況與背景之類的都無所謂。

希望我在起始階段就告訴他是很自然的。

「而且根據堀北所說，今後你也會繼續含糊裝傻吧？如果你連擅長什麼、不擅長什麼都不能說，那我一樣會無法完全信任你。」

今後啟誠也會一直抱著疑慮，心想這傢伙擅長什麼、不擅長什麼。作為教書的那方，把這種毛骨悚然的人物放在身邊應該很不舒服。

「我要退出這個團體——說我沒有這種想法就是騙人的。」

「你是說真的嗎，小幸？」

保持沉默的波瑠加在此開口。

應該是因為這內容實在讓人無法保持沉默。

「嗯，我是說真的。直到剛才聽見堀北的說明之前，我都一心打算要退出，因為我無法信任清隆。可是……即使如此，還是有些事是長時間待在同一團才會知道的。我只確定清隆不是個壞人。既然是為了班級而隱瞞，不告訴任何人也可以理解。就算可以拒絕我，說自己不用讀書，但如果是不善言辭的清隆，我也可以理解他為什麼會說不出口。」

啟誠用力緊握雙拳，毫無掩飾地這麼回答。

「只是……沒錯，我只是……需要花時間整理心情而已。」

這麼述說的啟誠大口地……刻意大口地嘆氣。

「繼續說下去也不會有進展呢……到頭來我想說的、我原本想說的……就是即使你還有隱瞞其他實力也沒關係。你不像高圓寺那樣會扯班上後腿，沒道理被人抱怨呢。我像這樣強力指責

你，只會讓場面的氣氛變得更糟。」

啟誠可說是比任何人都還要不滿與不服氣，但他打算吞下並且消化自己那些不滿與不服氣。為了綾小路組，以及為了同學。

「即使明白，卻還是控制不住情感——這點我會反省。我決定暫且把你展現的實力當作都是真的。而我會判斷數學以外的科目就是原本那樣，今後也會處在教書的一方……這樣可以吧？」

我在被解除朋友關係也不奇怪的狀況下，接受了這個令人感激的提議。

我根本沒什麼理由拒絕，於是坦率地點頭回應。

「謝謝你，啟誠。」

接著把話說出口，傳達感謝之情。

見證這些經過的愛里，在這邊才鼓起勇氣出聲：

「握、握手和好……之類的，怎麼樣？」

「不錯耶，握手和好。」

聽見愛里的提議，波瑠加也表示同意。

啟誠感受到沉悶的氣氛煙消雲散，接著左右搖頭。

「別這樣啦，很丟臉。」

波瑠加迅速抓住拒絕的啟誠的右手，接著幾乎同時也抓住了我的右手。

「來，和好！」

她這麼說完，就強制把我們彼此的手貼在一起，強行讓我們握手。

因為雙方都沒做好握手的準備，變成只是手互相碰觸的形式。

「直到你們握手為止，我都會一直按著喲。」

「知、知道了啦……！」

啟誠好像覺得以不上不下的形式手碰手更丟人，於是就屈服了。

透過彼此握手，當作正式和解的信號。

「我已經沒事了，但明人還什麼都不知道呢。」

「小三沒什麼差吧？我覺得他會普通地接受小清吧。」

「……說得也是呢。」

啟誠稍作思考，但只要有看著至今為止的明人，他似乎也推測得到。

「呼──終於恢復以往了。感覺就像是卸下肩上的重擔嗎？」

「對吧？」波瑠加和愛里對上眼神，互相表示同意。

「話說回來，小清也一口氣變成名人了耶……是說……」

波瑠加像是想起什麼似的直盯著我看。

我們三人等待後續，但她好像沒有要說出口的跡象。

「怎麼啦，小波瑠加？」

波瑠加僵著不動，擔心她的愛里搭話。

她動了起來，像是魔法解除了般。

「呃，啊——沒有，沒事。總之，因為變成了名人，今後會很辛苦呢。」

「考滿分也做得太超過了吧？因為年級第二名是坂柳的九十一分。」

啟誠認同我之後，提出其他擔憂。

「我記得坂柳同學其他所有科目都是類似的成績，對吧？」

愛里想起似的說。

數學九十一分。而且，居然所有科目都是類似的高分。從難度來想的話，她果然無庸置疑是相當會讀書的學生。大概是整個年級裡僅次於我的實力人物。最值得誇獎的，就是她並沒有在White Room那種極特殊的環境下學習。她自稱天才也能令人接受。

「我知道她很聰明，但ＯＡＡ導入後，感覺她又更加發揮出了實力。」

啟誠流露出一些不甘心，但還是表現出坦率認同坂柳的態度。

截至目前無庸置疑都有拿高分，但她開始更上一層樓了。

她是之前有故意稍微放水，還是開始在上學時間外念書了呢？

不論如何，作為比以前更需要打倒的敵人，她一定都會變成棘手的對手。

「為了紀念和好啊，小三的社團活動結束後，要不要在櫸樹購物中心會合？」

這場面上沒有人拒絕波瑠加的這番提議。

3

約定在晚上七點碰面的地點——櫸樹購物中心前。

我先行一步抵達，靜靜等待朋友們前來。

我身為引起騷動的人，判斷今天最好不要讓別人等待。

「還是太早了嗎？」

時間才剛過六點半。

話雖如此，我也不覺得等待痛苦。倒不如說，說這是我少數的特技也不為過。

就算有像這樣什麼都不思考、單純放空的時刻也好。

不過，雖然這並不是放空的代價，但還是有一些棘手的事情。

就是獨自一人會出奇地引人注目。考試結果也會向二年級以外的人公開，所以這些關注大概也很快就會波及所有學年。學長姊和學弟妹們好奇的目光，應該會持續一段時間。

我暫時什麼也不做地站在原地，手機震動後拿了出來。是來自綾小路組的訊息，愛里報告自己現在要離開宿舍，而剩下的四個人全都顯示了已讀。

我沒說自己已經抵達，而是隨意看看他們各自的狀況。

「綾小路同學，你要跟誰見面嗎？」

我剛才在看手機，所以沒有發現。被一之瀨搭話後我抬起了頭。

一之瀨身邊也有她的同學神崎的身影。就算學校以廣大用地面積為傲，平常學生利用的地方也極為侷限。要是我待在學生都會利用的櫸樹購物中心門口，見到認識的人也很自然。

「我待會兒要跟朋友吃飯。妳呢？」

這不是需要隱瞞的事，所以我就老實地回答了。

另一方的一之瀨和神崎沒有看向對方，步調一致地說：

「我們也差不多吧。是吧？」

「嗯。」

神崎簡短回答。比起看著我，他更強烈地看向一之瀨。

差不多——意思就是似是而非。

「話說回來，我看見考試結果嘍。你居然數學考滿分，真厲害啊。」

「如果只看去年的ＯＡＡ，你當時並沒有考滿分的實力。」

一之瀨對於隱藏能力沒丟出半句疑問，神崎與她的模樣卻很對比，他完全不打算隱瞞不服氣，說了出口。

「我有各種苦衷。隱瞞自己擅長數學是跟夥伴商量後決定的事。」

只是這樣說明，如果是一之瀨或神崎，他們也會在一定的程度上理解。

他們會自作主張地想像，替我把內容補充好。

通常這樣應該就足夠了，但神崎的眼神沒有鬆懈下來。

「至今都只是在隱瞞啊。你似乎是比我想像中還要棘手的對手。」

「神崎同學，那種說法不太妥當吧？每個班都有各自的想法，有戰略是當然的。」

神崎理所當然地接受了一之瀨的這番指謫。

「的確是這樣呢，他也不像龍園那樣使用卑鄙的手段。但我也有幾個地方看不順眼。說來，這就如一之瀨妳也知道的那樣，要解開那個高難度題目拿下滿分，並不是容易辦到的事。雖然他說是按照夥伴的指示——」

一之瀨難得語氣強硬地制止打算繼續說下去的神崎。

「綾小路同學不是敵人。」

一之瀨對神崎表現出敵對般的態度表示強烈不滿。神崎的態度確實很罕見，但如果問我這個情況下正確的是哪一方，應該就是表現出戒心的神崎。

「同盟已經解除。二年D班無庸置疑是我們的敵人。」

「這……可是，沒必要無謂地起爭執。」

「我沒有在起爭執。但我有必要知道對手正確的戰力。」

「綾小路同學隱瞞自己擅長數學——這就是被隱瞞的事實。」

神崎往前一步拉近與我之間的距離，比一之瀨更靠近我。

「那除此之外呢？就只有數學而已嗎？不對，這不可能吧。你還藏著什麼其他能力？你去年在體育祭上展現引以為傲的腳力，也是在夥伴的指示下隱瞞的嗎？我們B班……不對，對我們C班來說，最糟糕的就是他還隱藏且擁有其他實力。」

「可是考試成績是有限的喲。不管再怎麼會念書，每科能考到的就是一百分，審查也只存在A＋。就算全部滿分，他跟學年第二名的坂柳同學也只會有很微小的差距。」

事實上，我跟坂柳在數學上的分數差距就只有九分。

就算在五個科目上產生那些差距，總共也就是四十五分。一之瀨說這不是什麼威脅。

「我們C班在綜合分數上遠高於他們。綾小路同學拿出全力拉近的分數，我們只要相對的以全班補足就可以嘍。」

「只論筆試的話或許的確是這樣……但——」

「不要再說了，神崎同學。你知道這不是現在該在這裡激烈爭論的話題吧？」

一之瀨總是秉持和平主義，她怕在有人進出的櫸樹購物中心前繼續熱烈議論，遲早會變成一場騷動。

「我似乎的確有點欠缺冷靜。」

神崎好像判斷繼續在這地方爭論也不會解決問題，於是就閉上嘴，然後有點放棄似的撇開視線。

「我先走了。」

神崎說完這句話，就留下一之瀨快步離開，消失在櫸樹購物中心裡。

我們靜靜守望著他的背影。

「抱歉啊。因為狀況特殊，神崎同學也沒有餘力。」

他們從一直維持的B班掉下C班。

正處在至今的戰鬥方式行不通，並且被迫要轉換方向的狀況裡。這也無可奈何。

倒不如說，在這種狀況下也能展現溫柔的一之瀨才算異常。

神崎開始思考應該要捨棄天真想法，這也沒有錯。

「我錯了嗎……？」

一之瀨也不是完全無法理解神崎的這種想法。

她就算明白，也想貫徹自己的做法。

與無法理解地繼續執行相比，兩者可是有天壤之別。

「妳記得我之前說過的話吧？」

「嗯，你要我和同學一起勇往直前。」

「今後，或許會出現像神崎這樣，想要自行改變班級而採取行動的學生。或是可能會出現對妳心懷不滿卻悶在心裡的學生，說不定也會有背叛班級的學生。不管狀況怎麼改變都不足為奇。只受妳保護、曾經安全的一年B班已經不存在了。」

比起二年C班的任何一名學生，一之瀨對些番話應該更有感觸。

「我希望今後不管發生什麼，妳都要信任夥伴，並把保護夥伴放在優先一直戰鬥下去。」

「沒問題，我絕對會保護同學。假如班上的某人無論如何都必須消失的時刻來臨，我想最先消失的也會是我。」

這應該不是虛張聲勢，而是一之瀨一定會這麼做。

她會負起班級低迷的責任，選擇比任何人都先退學的道路。

「雖然聽見這些覺悟，我再次放下了心，但我還是有一個不滿的地方。」

「不滿……？」

一之瀨稍微偏頭，心想是哪裡沒有顧及到。

「我絕不允許妳退學。」

我必須請一之瀨記住最重要的事。

這一年，讓一之瀨馬不停蹄地往前跑極為重要。

我凝視一之瀨的雙眼，對她眼神深處的意志植入熊熊燃燒的火焰。

我該給她的不是黑暗。

而是絕對不會消失的光芒。

如果她可能在錯誤的方向上點亮那盞燈，我就必須先將其摘下。

「這、這個……嗚，嗯……我絕對……會留下來喲。」

一之瀨抬頭看我，有點害羞地含糊說話。

「綾……綾小路同學真的很厲害呢……居然在那麼難的數學考試上滿分。」

一之瀨轉移話題般地移開視線，並且這麼說。

「我或許是只有數學這項長處的人喔。」

「就算是這樣也很厲害喲。因為這代表你擁有一個以上不會輸給任何人的武器。」

「妳也一樣。妳確實擁有不會輸給任何人的武器。」

「希望是這樣啦……」

只是她身邊缺乏可以好好控制這點的人。

但這並非指她的同學不好。

這是因為她武器的缺點。

都怪一之瀨的包容力足以扼殺同學的個性。

這會產生依賴，結果就會變得缺乏個性而成為惡性循環。

「……我該走了呢，在這裡很醒目，最重要的是讓神崎同學等我也不好。」

我輕輕點頭，目送一之瀨的背影。

我這邊也差不多到了約定時間，於是再次確認手機。

「你跟一之瀨同學在聊什麼呀？」

波瑠加從稍遠處這麼搭話。

一抬頭，發現明人、啟誠加上愛里，所有人都到齊了，往我這邊看。

看來在我跟一之瀨說話的期間，其他成員似乎就已經會合完畢了。

「在聊數學滿分的事呢。」

「這也難怪。越是會念書的傢伙，就會越在意這次的事呢。」

我找了正當理由說明後，啟誠馬上就表現出接受。

可是波瑠加顯得有點不一樣。

雖然她沒有深究，馬上又恢復平時的表情。

明天五月二日開始，就要進入黃金週了。

也因為理所當然地撐過特別考試，學生們應該都能輕鬆地度過假期。

4

這樣的黃金週轉瞬即逝，我的校園生活再次開始。

雖然景色一如平常，可是日常卻開始一點一點地改變。

「……嗨。」

連假結束的早晨，我在學校鞋櫃附近最先碰到的是須藤。

雖然看起來就只是跟同學會合，但這也是一部分開始變化的日常。

「上次你好像各方面都很辛苦呢。已經沒事了嗎？」

「沒事。情況沒什麼變化，而且也度過了黃金週。」

「這樣啊。話說回來，假期一眨眼就過了耶。」

須藤跟我步調一致，並肩前往教室。

須藤因為社團活動而離開教室，後來應該是從池或本堂那裡聽說了細節。

不用說明教室裡發生的事，他應該就掌握了一切。

「聽說你因為鈴音的戰略，所以隱瞞自己很會讀書。」

就算我輕輕點頭表示同意，須藤還是微微噘著嘴，把視線從我身上移開面向正面。

「你們入學一開始就很要好了呢。雖然現在才這樣想，但我也可以理解了。」

「我們並沒有很要好。倒不如說，我認為自己一開始對她比較敬而遠之。」

「是嗎？抱歉，看起來不像是那樣耶。」

這大概是因為須藤是透過「異性」這層濾鏡在看待堀北。

就算指出這點也不能怎麼樣，所以我聽過就算了。

「我事後聽洋介說——聽說你幫我講話。」

「該說是幫你講話嗎？我只是說出事實。」

「雖說是事實，但當時你是處在完全不知道真相的階段。」

「那種事我知道啦。」

須藤有點生氣地再次噘起嘴唇的前端。

「你是數學天才的這件事好像是祕密，那打架很強也一樣是祕密之一嗎？」

就須藤來看，比起數學，他似乎更在意那方面的事。

「我不懂你的意思耶。」

我假裝不懂他想要說什麼。

不過，須藤已經不是這樣就會罷手的人了。

「別裝蒜了啦，我跟寶泉互毆過，所以我懂。那傢伙的怪力貨真價實，動作也比我至今打過架的任何人都還要快。坦白說根本就是個怪物。」

須藤說就是因為直接對峙過，才會切身感受到。

「我還是第一次在打架上感到害怕。那傢伙那張笑著的表情，現在也還烙印在我的腦海。」

他這麼說完，就用左手食指戳了太陽穴附近兩三下。

「感到害怕嗎？就算這樣，你看起來也像是為了堀北勇敢戰鬥。」

「因為那狀況只能硬上了啊。那傢伙的腦子根本不正常。」

這點我不否定。我近距離看見了寶泉對暴力的執著，那並不尋常。

「但你應該也有勝算吧？」

上次須藤對上寶泉被擊倒的原因是由於被花言巧語給欺騙。

須藤在必須正面面對對手的狀況下，對方以堀北作為誘餌，令他暴露出毫無防備的模樣。

結果那就變成致命傷，以須藤的敗北落幕。

「不知道耶……就算認真互毆，我大概也沒辦法靠打架贏過他。」

絕對不是須藤弱。只是讓擁有優異身體能力與直覺的須藤，說到這種地步的寶泉並非泛泛之輩而已。

有習武經驗的堀北哥哥學，或是擁有與生俱來的優異肉體的阿爾伯特，就連這種千挑萬選出來的人們，在打架這種領域上應該都沒有勝算。

「是說，不是這樣啦。就不聊我的事了。」

須藤在這時看了我的臉。

「你……使出更強的力量阻止了寶泉那怪物的怪力。對吧？」

我只是在那個瞬間使出了超越平時的力量——這種話對須藤已經行不通了。

這傢伙在數學上考滿分也不足為奇——他自然地做出這種連結方式。

有些事也是因為對堀北有好感才看得出來吧。

「這不是單純的誤會，而是在你看來就是那樣嗎？」

「嗯，在我看來就是那樣。」

須藤用右手抓住我的肱二頭肌。

像在確認我的肌肉似的輕捏好幾下，同時這麼說：

「我去年在泳池看見你的時候就感覺到了。你明明沒有隸屬什麼社團，身體卻非常緊實。雖然穿著衣服很難看出來，但你的肌肉長得有夠結實……如果沒有相當多的訓練，絕對不會變成這樣。」

我沒辦法再繼續敷衍平時就在面對並鍛鍊肉體的須藤。

我只是睡起來身體就自然地練成這樣——他不可能會相信這種話。

不只是用看的，像這樣被觸摸的話，肉體會道出真相。

「話說回來，體育祭前的測量上，你在握力上使出六十左右吧？」

須藤開始慢慢想起去年的事。

「當時我也覺得你滿厲害的……原來你有放水啊。其實究竟有多少啊？」

「不知道耶。老實說我不清楚。」

「不清楚？」

「我不記得自己有好好測過握力。」

「怎麼可能啊。國小或國中都有在健康檢查之類的做過好幾次吧？」

我真的不記得。

在White Room當然會定期進行肉體檢查。

他們恐怕取得了普通學校做的健康檢查比不上的龐大數據。

可是，那些是只有教職員才會掌握的東西。

他們不會特地跟個別的學生詳細說明數值如何。

然後學生也對一天天變化的數字不那麼感興趣。

這是因為我們只有數值上升或下降這種認知。

不過，雖然我都有進行維持身體的訓練作為日課，但我的身體能力與待在White Room的時期相比應該有緩緩下滑。

「你真的不知道喔。」

須藤看著我的眼睛，似乎感覺我的樣子不是在說謊，於是這麼說。

「當時我聽見握力六十左右就是高一生的平均，所以才把數據調整到那附近。因為我想盡量不引人注意。」

我記得他當時知道我超出平均後有點驚訝。

「你……真正的你到底有多厲害啊？」

這是包含羨慕或嫉妒這種情緒的探究心。

「多厲害嗎……」

視以什麼為基準，答案或看法應該都會有所不同。

在我稍作思考時——

「——不對，你可以不用回答。忘掉我剛才的話吧。」

須藤拒絕我的答案似的自己撤回了疑問。

就算我在這邊說明我這個人的一切，也並非人人都能理解。

這原本就不是一句話就能表達的事。

「是不是真的厲害，我不親眼確認的話就沒有意義呢。」

他鬆開了抓住我手臂的那隻手。

須藤好像也和啟誠一樣，開始在自己心裡消化了。

「不過，我理解了你是很不得了的傢伙。你真的很厲害耶，綾小路。」

「你不生氣我瞞著你嗎？」

「一開始當然會覺得這算什麼。我也了解幸村的心情。以為自己比較厲害，其實身邊卻藏著更強的人，當然會覺得不愉快。但我也不是不懂你的想法。畢竟你好像不喜歡無謂地引人注意呢。該說我隱約理解這點嗎？」

接著，須藤說出與我所想的不同的回答。

「說不在意很多事情是騙人的，但我會用我的方式努力並成長，這部分別人要怎樣都無所謂。因為我已經決定要這樣想了呢。」

不是面對別人，而是面對自己。

這對自己才是最好的——他說服自己般地述說。

「再說你再怎麼厲害，籃球上都是我更勝一籌呢。」

須藤今天第一次無畏地笑了出來。

他抱持自信立刻回答，表示這根本不需要確認。

這當然是不爭的事實。

就算比了一兩場，結果也會非常明顯。我是沒有勝算的。

「所以如果是籃球，我隨時都會跟你比賽喔。」

「這就免了。我可不想被當作沙包。」

「哈哈哈哈哈！你滿清楚的嘛。」

人只要有個比他人優秀的地方，內心就容易有餘力。

「所以，我不會把你跟寶泉的事情告訴任何人。雖然好像很拐彎抹角，但我今天找你，就是因為想要說這件事。」

「這樣啊。」

對於這番非常令人感激的顧慮，我坦率地覺得感謝。

「嗯，沒錯，你和寶泉的這個話題就到今天……我最後可不可以問個問題？」

「如果是我可以回答的問題。」

「你就不覺得我會把你跟寶泉打架的事告訴別人嗎？」

如果依據話題走向，他會抛出這種疑問或許也是必然。

原本就算被須藤目擊到，還是有要在一定程度上先封住他的嘴的可能性。

為防萬一，我當然也考慮過要由堀北讓他住嘴，但我在那天晚上，還有在數學考滿分之後看見了須藤的眼神，於是就可以推測到大致的狀況。

「如果是以前的你，我就一定會事先做安排了吧。我應該會拜託堀北，叫你小心不要告訴別人。」

「……如果是以前的我？」

「看到OAA的綜合能力也會明白。要說成長空間的話，你在D班也是頂尖的。你跟之前的莽撞時期不一樣，我推測你在狀況評估上也能有冷靜的判斷。這就是我沒有使出任何對策的理由。」

這是我用自己的方式分析須藤健這名學生後所做的判斷。

要是剛好在場的是池或本堂那類學生，就另當別論了。

「總覺得很像是老師在對我說話一樣。」

須藤好像很傻眼，又好像很佩服地吐氣。

「我完全接受了。如果你很器重我，那感覺也不錯。」

須藤這樣說完，就突然把臉往我湊過來。

「然後我還想問一件事，你跟鈴音——」

「我們沒在交往。」

我一面跟他過度靠近的臉拉開距離，一面插嘴回答，強調這是真的。

「……好。」

須藤感覺是忍不住才問了出來，他有點害羞地撇開視線。

「那個啦，我並不是，那個，在叫你不要跟她交往喔。畢竟鈴音她……就算要跟我或你，還是其他男人交往也都是她的自由。可是，該怎麼說呢？要是你做出那種隱瞞的舉止，到時我可饒不了你喔。」

「知道了知道了。萬一有那種事，我會馬上報告。這樣好嗎？」

「好。不對，這樣才不好！……但是，這樣就好。」

這下須藤想問或想說的似乎都大致說完了，他吐了口氣。

「雖然身為春樹的朋友，這樣好像很冷淡，但幸好你沒有在班級投票時被退學。要以A班為目標，你無疑是必要人物。待會兒見啦，綾小路。」

須藤說完，就稍微加快腳步前往教室。

這是為了不讓周圍看見他跟我說話所做的考量嗎？

「以A班為目標時的必要人物嗎……」

沒想到我會有從須藤那裡獲得這種評價的一天。

不過現在班上需要的人才不是我這種人。

須藤毫無疑問才是對班上來說不可或缺的重要人物。

流逝的時光

充滿瞬息萬變事件的四月結束了，而進入五月也已經是第二個星期。

White Room的學生也一如往常，沒有要來對我發起重大行動的跡象。雖然好像脫離了月城的控制，但對方究竟在想什麼呢？總之，如果能讓我安穩度日，我也沒有任何要特別抱怨的事。

這樣的五月中旬早晨，我在大廳與堀北碰了面。

之前因為考試結果而大幅聚集了別人對我的關注，不過現在稍微沉寂下來了。擦身而過的同年級生們，也不會對我投以那麼異樣的眼光了。

當然，很多學生私下應該還是有些想法，但目前算是暫且停止下來。

我在等堀北的期間，重新開啟更新後的ＯＡＡ。

反映出每個月成績的系統，可以讓人窺視到第二年的新體制。

我在數學上拿下滿分，五科的合計分數是三百八十六分。結果學力的評價是Ａ－。看見整體評價後，結果落在比我預想中還要稍微高的地方。關於其他科目，評價都跟第一年次沒有什麼不同，都是類似的結果。

二—D　綾小路　清隆（Ayanokouji Kiyotaka）

第二年度成績

學力A－（81）

身體能力B－（61）

靈活思考力D＋（40）

社會貢獻性B（68）

綜合能力B－（62）

堀北或小美這些在去年學力上得到判定A的學生們，同樣拿到了A的判定。總分超過四百分的學生，很可能都可以獲得A以上的評價。

OAA上明顯顯示出整體成績都提昇的結果，但就如我之前說過的，第一個該提到的候補就是須藤了吧。就算以全體二年級來看，須藤在成績上的進步都很驚人。

二—D　須藤　健（Sudou Ken）

第二年度成績
學力C（54）
身體能力A＋（96）
靈活思考力C－（42）
社會貢獻性C＋（60）
綜合能力B－（63）

考量到他第一年度的成績，綜合能力是四十七、評價C，這是很驚人的成長。

原本因為身體能力突出而得救的評價突然轉變，全部都進步了。

雖然只是OAA上的評價，但他還是留下了比啟誠和明人都高分的綜合能力。

今後如果可以提昇學力、社會貢獻性，或許就可以和洋介或櫛田這些人並駕齊驅。這可以說是擁有突出能力的學生的魅力吧。

不過，雖說有重新評價的地方，但其中靈活思考力與社會貢獻性則是順著第一年度……正確來說，應該可以視為有部分被當作學校的判斷素材而沿用了。就算學年改變了，交友能力或溝通能力也不會突然全部改變。話雖如此，要是須藤在之後的的一個月、半年有認真過活，至少社會貢獻性應該會提昇到相當高的數值。

除了須藤之外，其他各個學生也都得到了比第一年度還要高的綜合能力。可以說大部分都是因靈活思考力或社會貢獻性，或其中一方曾經很低分的學生有了飛躍性的進步。

「久等了。」

堀北在約定時間不久前下了樓。

「我沒等多久。」

因為也沒必要在大廳說話，所以我們邁步走去上學。

在外面談，不論內容為何都會順暢進行，所以比較輕鬆。

「讓我再次謝謝妳吧，多虧妳臨機應變地處理，我才能不那麼受到班上的注目。在別班也有種用類似形式傳播的印象。」

別班的戒心應該會加強，但老實說對我幾乎沒有影響。

A班的坂柳以前就認識我，至於龍園也因為我直接打倒過他，他也知道我不只是擅長數學。就算是一之瀨，她在某些地方也多少有感覺到我並不尋常。

「沒差。我只是認為這樣今後對我們班才會有正面的作用。要是說你自作主張地放水，應該會讓人反感吧?對了，要是我不在場，你原本打算怎麼做？」

「這個嘛，我不知道耶。」

雖然我這樣含糊其辭，但結果我應該還是會以類似的發展做說明。

這是按照堀北指示的戰略之一——我會這麼推託，並在當天岔開話題，接著往事後請她再次做出類似說明的方向走。就算我沒特地口頭說明，堀北似乎也推測到了這些。

「關於這件事，你欠我一次。」

「我會乖乖當作是欠妳人情的。」

堀北的目光投向我的左手。

「你左手的傷還好嗎？」

「有在慢慢恢復。雖然還要花上一段時間，但因為不是慣用手，所以影響沒那麼大。」

「那就好……但那次之後寶泉同學還有接觸你嗎？」

「不，完全沒有。有一次和寶泉跟七瀨擦身而過，但我們就連交談都沒有。」

雖然他們有看過來，但兩人都沒有來搭話。

「這是因為就算沒有道歉，但再怎麼說都還是有做壞事的自覺嗎？」

「不知道耶。總覺得就連那種感覺都沒有。」

「兩個人都是？」

「是啊。」

發動大陣仗圈套的那份大膽，外加不會動搖的心靈。真是群有膽量的一年級生。

「之前那件讓你退學就會得到兩千萬點的事是真的嗎？」

「目前沒有確鑿的證據。可是，如果沒有那種報酬，他們就不會做出那種事了吧？」

「……說得也是呢。」

難以想像寶泉會背著受重傷與退學的風險做出沒有意義的事。

唯一可能的，就只有對方是White Room的學生。

「是不是真的，很快就會揭曉了吧。」

「可是——這並不是很理想的發展呢。雖然內容很沒道理，但如果這是特別考試的話，應該就是四個班級都知道吧？」

「畢竟七瀨也說過了呢，她說是為了讓我注意所有班級才告訴我。」

若是這樣的話，剩下的三個班級，起碼也有三人以上知道我的事。

「A班的天澤同學……我們跟她之間只有請她跟須藤同學搭檔的那份恩情，但她卻幫助了寶泉同學，沒錯吧？」

我輕輕點頭。一年A班的天澤一夏幾乎確定是其中一名知道兩千萬點特別考試的人。剩下來的一年B班與一年C班的學生們，我不清楚有誰知道。

「採取行動打算讓你退學的目前只有那三人，對吧？」

「就我有察覺到的，是這樣沒錯。」

「既然如此就有點奇怪了呢……就算要說客套話，寶泉同學在一年級裡也不是那種討喜的類型。兩千萬點這筆鉅款被這樣的他搶先奪走，他們會眼睜睜地坐視不管嗎？」

這也是我很在意的地方。不過，要鎖定理由很困難。

是因為認為寶泉或七瀨沒辦法讓我退學嗎……

還是說從一開始就沒打算參加這場特別考試呢？

或者，他們也可能根本就不相信這件事。

走在旁邊的堀北，應該也無法在這部分得出答案。

所以，我試著稍微改變方向。

「妳認為為什麼會沒有全體一年級共享情報的跡象呢？」

我想反正既然都要聊這個話題，才會決定問問堀北的意見。

「我想想……假如被告知特別考試就是要整個年級去讓你退學，那大概不只一年級，傳到二年級或三年級的耳裡也是時間的問題。要是知道這種荒謬的特別考試，我們班當然會強烈地抗議呢。所以，這樣是為了不讓我們知道……就是這麼回事吧？」

這無疑就是正確答案。然後，這個正確答案的深處也會冒出更進一步的發現。

「這種荒謬至極的特別考試，校方真的會准許嗎……？」

「是啊。我也有試著若無其事地跟班導茶柱老師確認，但她沒有表現出知情的舉止。」

其實我沒做什麼確認，但她肯定沒有被告知。

「從這邊可以想像的大致上有兩個。一個就是七瀨和寶泉根本就在胡扯的狀況——就是讓我退學的特別考試之類的東西並不存在的假設。但就像我說的那樣，這可以從很難想像連報酬都沒有就做出那種高風險舉止這點刪除。」

「嗯。」

「另一個假設就是，這可能其實不是特別考試。正確來說，可能是有人教唆一年級，說讓我退學就會支付兩千萬點。」

「原來如此。要是個人懸賞你的首級，就這件事來講就會成立了呢。」

對方做的事非常遊走在灰色地帶，但這大概也沒有牴觸校規。然後，整理狀況後，應該也會明白一些事情。堀北在腦中處理，並一點一點地接近真相。

「意思就是同年級或高年級中，有人準備了那麼大筆的鉅款？」

堀北心裡完全沒有材料可以導出月城可能會個人行動，所以選項必然會受到限制。

「雖然也無法完全否定是一部分一年級獨自設下的遊戲，不過在才剛入學，沒有信任關係也沒有實品這種什麼都沒有的狀態下，我無法想像會談妥這種事。機率應該很微小。」

「確實有能力支付兩千萬點，而且一年級生也會相信這點的人物。」

逐步推理下去，堀北心裡也會浮現出某個人物吧。

「——學生會長。」

她嘟噥說的這句話，驚人地符合了這個狀況。

「難道南雲學生會長有涉入這件事？」

「不知道耶。他的確不喜歡我，但即使如此，他會不會準備高達兩千萬的鉅款並打算把我逼到退學也很讓人懷疑。然後，利用那些連是誰、擁有什麼實力都不知道的一年級生也是一件怪事呢。」

如果認真想利用某人之手讓我退學，利用已經掌握的三年級才可靠。

「不過，也有可能不是毫無關係呢。」

沒有任何材料足以否定他有以某種形式干涉。

如果是學生會長這種地位，一年級生也不會懷疑吧。

「你可能在不知不覺間遭人嫉妒了呢，畢竟南雲學生會長很在意我哥，因為我哥只在意你。就算有像我這樣複雜的情感也不足為奇呢。」

有可能的話，就只有這種路線了吧。

「雖無法說是剛好，但我今天找你的正題，就是我放學後會去學生會辦公室。我打算見南雲學生會長，試探加入學生會的事。」

「這樣啊。」

雖然幾經波折，但這下子學佑記的那件關於南雲的事，似乎就會有所進展。

「但要是沒被南雲學生會長認可，我不會負責喔。」

「我之前也說過，學生會長本身的立場是來者不拒呢。」

「……是沒錯呢。」

當時學剛畢業，堀北的情緒激動，但她還是記得談話的內容。雖說南雲是來者不拒的那種人，但這件事的根據當然不只如此。不斷追逐堀北學的妹妹——我難以想像他會輕視這種寶貴的人物。

「你希望我進入學生會的理由……雖然你說是為了讓我監視南雲學生會長，但也不是單純監視就好吧？」

她來請求指示，自己加入學生會之後該做什麼才好。

「我想妳已經有隱約察覺到，但妳哥和南雲的想法完全不同。他就是因為一直很珍惜傳統，所以才沒有同意南雲的改革。他離開前跟我說過班級是同生共死、命運共同體。他說只有這個機制不希望改變呢。」

「跟現在的學生會打算做的確實完全相反呢。」

「可是，我自己沒有做出哪邊才正確的判斷。我現在確定的，就是我也有想見識南雲打算進行的改革的想法。」

對。學的想法沒有錯，南雲的想法也沒有錯。

「你是說，所以你才沒有對我指示具體的行動嗎？」

「對。」

「為什麼即使如此也要勸我進入學生會？如果你抱著觀望的想法，我根本也沒有進入學生會監視的必要性吧？」

「假如南雲轉往錯誤方向，就需要有人阻止他吧？」

而該做這件事的人不是我，應該要是堀北學的妹妹——堀北鈴音。

當然，正因為這是單方面的強迫，我才會提出考試比賽的名目。

「雖然也有不滿的地方，但我會想成這剛好是個機會。」

應該跟剛才堀北自己說的賞金有關。

藉由加入學生會，能獲得情報的可能性應該就會確實地提昇。

「雖然我輸掉比賽，沒有立場能附上條件，但我能拜託你一起出席嗎？」

「一起出席？」

「嗯，我想讓你看見我直接試探南雲學生會長，當作是證據。」

她似乎想把這當作萬一被拒絕加入學生會時，自己沒有說謊的證明。

「假如南雲學生會長有涉及賞金的事，說不定也能看到他的反應。」

確實說不定可以獲得關於兩千萬的線索。

「知道了。那就是放學後，對吧？」

我和堀北做了約定。今天也開始了嶄新的一天。

1

到了放學後，我們一起前往學生會辦公室。

「妳有預約嗎？」

就算突然去拜訪，也不保證南雲就會在學生會辦公室。

「當然。我是透過茶柱老師，拜託她讓我見到南雲學生會長的，所以沒有問題。也是因為這樣才會拖到今天。不過或許幸好有拖到今天。多虧這樣，我對學生會的動力才有稍微提昇呢。」

「妳是指賞金的那件事？」

「是啊。如果學生會這個必須絕對中立的存在，做出只對二年D班加上負荷的不公平行為……假如這是事實，就是絕對必須戰鬥的問題。」

我斜眼悄悄確認堀北的表情，可以感受到類似決心的表現。

「有幹勁是很好，但是不要太好強。還沒有南雲有牽涉的確鑿證據。再說，就算有牽涉，他也不是用普通方式就行得通的對手。」

就算請求撤回，他也不會乖乖答應吧。

「當然，直到確定為止，我都不打算做出冒失的舉動呢。」

儘管變得激動，但她似乎也還是有好好懷著自制心，我就暫且放心了。

沒多久，我們抵達學生會辦公室前，打開那扇門。

「打擾了。」

踏進學生會辦公室後，坐在學生會長座位上的當然就是南雲。

他蹺著腳，舉止簡直像國王般地迎接堀北。

這不可思議地沒有突兀感，看來很適合他，應該就是他散發威嚴的證據。

而且，我在南雲身上也感受到更勝以往的從容。

這好像也是因為堀北學這個唯一超越他的人物不在的影響。

然後，他身旁也有副會長桐山的身影。

桐山一開始有往我這邊看了一眼，然後馬上就轉向堀北。

「聽說妳有事找我？」

「是的。感謝您抽出時間。」

桐山前來催促堀北和我坐下，所以我們乖乖聽從了指示。

「別放在心上，因為其實現在是很閒的時期呢。」

就算我在眼前，南雲的樣子跟平常也沒有不同之處。

如果有那麼一絲內疚的情緒，就算表現在態度上也不奇怪……

「所以，妳要對我說什麼？應該不是單純來閒聊的吧？」

南雲一副即使如此他也歡迎的樣子，但堀北擺出要提出正題的態度。

「我想您時間寶貴，就開門見山了。我希望加入學生會。」

學生會辦公室響徹了堀北澄澈的聲音。

聽見這句話，學生會的兩人都表現出類似的反應。

既非歡迎也非拒絕，而是驚訝的情緒。

「希望加入學生會？」

南雲聽見堀北的發言，表情從驚訝接著稍微轉為期待。

「是什麼風把妳吹來的啊？我不想乖乖答應。」

「意思就是無法歡迎我嗎？」

「不是的。我的立場基本上是來者不拒。如果有人說想加入學生會，只要空缺允許的話，我就會讓對方加入。我對志願的理由也沒興趣。就算是為了ＯＡＡ、為了之後的就業、為了什麼正義感，都是各人的自由。」

這跟學不一樣，是對任何人都敞開大門，充滿南雲作風的想法。

「可是啊，妳是特別的呢，堀北鈴音。我要對妳附上唯一一個加入學生會的條件。」

「那個條件是什麼呢？」

「妳為什麼會在這個時間點希望加入學生會呢？請把理由告訴我吧。」

他是從一同出席的我身上感受到什麼不平穩的事情嗎？

不對，南雲在好的意義上不是會拘泥小節的那種人。

他純粹是想要知道學的妹妹是以什麼理由希望加入學生會。

堀北當然不會說是因為輸掉了跟我之間的比賽。

老實這麼說大概也能加入學生會，可是事情就會到此為止。

她大概就會永遠無法從南雲那裡贏得信賴。

「我和哥哥有過爭執。我為了消除那些爭執而進入這間學校。可是自從入學以來，我和哥哥的關係也沒有改變。」

南雲傾聽堀北緩慢、清晰地說出這番話。

「因為他不可能認同沒有任何成長的我。到頭來，我度過了直到哥哥快要畢業都不能好好交談的一年。」

堀北在這邊選擇老實把自己的過去說出來。

「所以，你們有順利和解了？」

「是的。雖然是在最後一刻，不過還是順利和解。那時我才開始對哥哥獻出在校生活的學生會起興趣。雖然繞了一段很遠的路，但我變得想要走一趟哥哥走過的那條路。」

堀北原本沒什麼興趣加入學生會。

換句話說，要是被問到這回答是否全是真心話，就會有一部分是NO。

即使如此，透過以許多真相來隱藏，南雲的那雙辨別真偽的眼睛，也會像是蒙上了一層霧。

「哥哥走過的路啊。這些話還真了不起呢。」

正因為辨別的那雙眼蒙上一層霧，南雲好像反而有一絲戒心。

「總之，我可以想成妳打算遲早都要當上學生會長嗎？」

不管這裡的回答是什麼，應該都不會打動南雲的心。

這是如果撒了隨便的謊，就會給人負面觀感的場面。

「是的。就像我剛才說的那樣，我要走哥哥走過的路——我是有打算當上學生會長。」

堀北刻意主動選擇了這個高門檻。

感覺這句話是真的。

她好像心想既然都要加入學生會了，於是就做好覺悟要追隨學的腳步。

「原來如此。不過，帆波已經作為學生會幹部在背後努力了一年。妳知道要坐上學生會長之座，已經大幅落後了嗎？」

「我不認為這是無法挽回的差距。」

她比剛才的發言還要快速，且強而有力地回應。

「就算看起來不太像，但她果然就是堀北學長的妹妹呢。」

目前為止都貫徹沉默的桐山，對南雲這麼說。

「叫妳堀北會讓人有點抗拒。我或許已經這樣稱呼妳好幾次了，但今天起就再次讓我稱呼妳為鈴音吧。」

「請隨意。」

「現在的二年級生沒有帆波之外的學生會幹部，所以我正傷腦筋呢。」

南雲透過直接提問，並答應了堀北的這番真正想法，同意她加入學生會。

他離開座位後便主動走向堀北，對站起來的堀北伸出左手。

對於感覺是故意伸出來的那隻左手，堀北也正面接下並且握回。

「歡迎來到學生會，我今天起就會毫不客氣地請妳作為幹部工作，鈴音。」

「當然。」

「為了慶祝妳加入學生會，我就告訴妳一件有意思的事。那就是歷代學生會長一定都會在A

班畢業的事實。妳要記住這件事，並以高處為目標。」

對於滿足於現狀是D班的堀北，南雲說出激勵般的發言。

「不用擔心，我一點也不打算在A班以外的班級畢業。」

「妳要證明自己不是嘴上說說喔。」

他們這麼說完，就鬆開了長時間的握手。

「我叫桐山，擔任副學生會長。」

「請多指教。」

堀北也與桐山握手並打完招呼，正式成為學生會的人員。

現在起，堀北應該就會親眼見證南雲的做法。

以個人優先的實力主義學校體制。

大幅脫離了學之前想守護的這種體制，堀北又會如何看待呢？

這些話題可說是已經超過我可以插嘴的領域了。尤其我也得不到有關賞金的線索，所以很想找時機退場……

在我思考著該怎麼溜出去的時候——

「你也要順便進學生會嗎，綾小路？」

「你想幹嘛，南雲？居然主動邀人加入學生會。」

南雲的提議好像很罕見，桐山驚訝地說。

「這沒什麼不可思議。綾小路是堀北學長器重的學生，我沒有任何理由拒絕他。而且上次的特別考試好像只有一個人考出了滿分科目。」

南雲這樣說完，似乎現在才對我投以關注的眼光。

然後，我便得知他已經察覺只有在二年級生公開的情報。

「我就不用了，我不適合學生會。」

「哈，我就覺得你會這麼說。」

他彷彿在說這是社交辭令，馬上就從我身上移開注意力。

不過，他好像又想到了什麼，而再次看回我這邊。

「綾小路。」

我被呼喚名字，有段時間沉默地與南雲互相凝視。

「學生會的工作比想像中還要多，多得像山一樣呢。不過，現在這時期也告一個段落了。我打算在大概夏天的時候開始騰出時間給學弟妹們。」

這番話有什麼意義呢？

就算我不追問這點，他也自己說了出來。

「我會陪你們玩玩，好好期待吧。」

這應該不是下戰帖這種等級的東西。

而是強者要指導弱者的程度。

「像是坂柳或一之瀨、龍園，他們或許都會喜極而泣呢。」

南雲如此回答後，這次就真的完全把注意力從我身上移開了。

「對了，桐山。是什麼風把你吹來這裡參加討論的啊？」

「……怎麼說？」

「之前兩名一年級希望加入學生會時，你就沒有要求一同出席。可是，只有這次堀北鈴音提出想要見面時，你才像這樣露臉。很奇怪吧？」

南雲在討論終於快結束時這麼說。

就像是在說給打算回去的我聽。在最後一刻，像是要截斷目前趨勢般的突襲發言。我當然無從得知桐山一同出席這個場合的理由，但他顯然很動搖。

「我只是對於堀北學長的妹妹感到好奇。怎麼了嗎？」

桐山假裝冷靜地回答，但聲音的音調有點高。

南雲似乎覺得很有趣，愉快地笑著。

「不不不，沒有怎麼樣。別放在心上啊。」

南雲似乎覺得光是有那些反應就夠了，沒有深究。

「那麼，鈴音，事不宜遲，我希望在辦理手續時順便把桐山以外的學生會成員也介紹給妳。妳就留在這裡吧。」

「知道了。」

拒絕加入學生會的我，應該已經沒有理由留在這個地方。

我留下堀北和南雲離開這裡。

2

我離開學生會辦公室後，直接朝校舍出入口前進。

桐山是個想要踢下南雲而掙扎的人。他曾經支持學，並且不惜接觸一年級的我都要策劃出方法。他在快要放棄時候，察覺學的妹妹堀北應該會加入學生會的跡象，說不定是打算發起某些動作。

但就我看見今天的狀況，南雲和桐山的戰鬥勝負已分。讓人感覺已經形成了無法推翻的差距。

不過，假如桐山還沒放棄，他應該遲早會發起某些行動。

「好啦——」

我今天已經不想再動腦了。

今天就直接回去，慢慢消耗剩下的一天吧。

我拿出手機確認時間。

『那個啊，如果你沒有特別的安排……我可以去你的房間玩嗎？』

我剛才在觀察學生會的互動，所以沒發現到惠有傳來訊息。

她傳來之後已經過了三十分鐘以上，但從訊息沒被收回以及沒有後續文字看來，她可能還在等我。

我待會兒也沒有特別的安排，所以決定回她如果現在還不遲的話。

雖然說我們正在交往，但這件事還沒公開。

可以兩人獨處且不被任何人發現，就只能在極為侷限的地點。

話雖如此，宿舍也絕對不算安全。

倒不如說，只要被撞見一次，大概也可能變成決定性的一擊。

到時候我們也只能看開了吧。

「妳要來我房間嗎？」我這麼回應，她不到一秒就已讀。

她是偶然拿著手機，還是一直在等我回應呢？

「我要去！」她給了這種簡短的回應。

『現在過去可以嗎？』

她接連傳來這樣的訊息。我接下來要回去，所以先回覆她二十分鐘左右以後隨時都可以。接著只要請她以平時的訣竅來我房間就好。

就算同一層樓有別人在，惠應該也可以在一定程度上巧妙地周旋。

我大概十分鐘就回到宿舍。我直接沒鎖玄關的門鎖，簡單打掃房間並消磨時間，這時傳來三下猛烈的敲門聲。

我跟惠決定了數個密會的暗號。基本上都是以門鈴互動，但也有請她在有點緊急時敲三下門。正因為是學生進出頻繁的宿舍，所以有時也會無法慢慢開關門。這是如此預測所做出的約定。

若是極為緊急且危險的狀態，我也同意她沒有我的信號就進來。

「我進去嘍！」

惠著急地鑽進來並這麼回答。

她強而有力地推門並關上，接著讓自己冷靜下來地吐氣。

「剛才看到電梯停在四樓，我好慌張～！」

她好像心跳加速，於是將手按在胸口。

如果是在走廊上的話，要讓人先通過很困難呢。難怪她會著急。

「要永遠隱瞞下去是不可能的呢。」

「這我知道啦……」

我把惠的鞋子收進鞋櫃。

接著為防萬一而把門鎖上，甚至還叩上了U型門扣。

這麼做的話，萬一有人來拜訪，我也可以請回對方，不讓對方進門。

不過，在這麼早的時段就使用U型門扣也很不自然。

我原本不打算做到這個地步，但也是因為有了天澤這個先例呢。

比起被貿然闖入房間並看見我跟惠獨處，這樣應該還比較好。

就算有人說狀況緊急，我也只要先做好外出的準備就沒問題。

說因為房間裡很亂，所以要請對方在外面待命，我再馬上出去就好。

然後叫惠在我跟客人一起離開之後靜靜離開房間。

「呼——真是鬆了口氣……」

坐在床上的惠這麼說並且撫胸。

「那真是太好了。」

傍晚會因為回來宿舍的學生們而特別擁擠呢。

不過半夜找她過來，風險會變得更高。雖然人員進出會變少，可是被知道在半夜讓女生進房間時的問題就會很嚴重。

既然這樣，有辦法找藉口的假日白天或平日傍晚還比較好。

就算關係曝光，這也只是其中一種健全的行動。

「要喝點什麼嗎？」

我這麼對恢復冷靜的惠說，她就連忙從客廳跑到廚房。

「我來準備。」

「幹嘛，怎麼這麼難得？妳平常不會做這種事吧？」

「左手受傷的狀態下會很辛苦吧？我也能煮點熱水呢。」

她好像是顧慮我的傷才提議的。

「那就交給妳了……」

「嗯嗯，我要紅茶，你想喝什麼？」

「我想想……跟妳一樣就好。」

我想盡量減輕她的負擔配合她，卻好像有反效果，她露出有點不滿的表情。

「這意思是無法信任我嗎？」

「……知道了，那麼請給我咖啡。」

「交給我。我記得是放在這邊的架子，對吧？」

惠這樣說完，就打開廚房的櫥櫃。

然後似乎是因為發現了我的視線，於是指示我在客廳等著。

惹她生氣會很麻煩，所以我決定乖乖看個電視等她。

「對了，雖然我原本就打算見面再說啦，你的責任可是相當大的喔。」

我拿起電視遙控器後，廚房就傳來了這句話。

「怎麼突然這麼說？」

「你數學考滿分，所以正在交往的事情，又變得更難說出口了。」

才在想是什麼事，結果是這個啊。

惠若在現階段公開我們的事，確實很可能會不夠圓滑……

「要是現在肆無忌憚地說什麼正在交往，真不知道會變得怎樣……」

「那麼要暫時持續相同的狀態嗎？」

「哪有辦法……總覺得這樣很討厭，簡直像我是因為成績才跟你交往。」

「因為成績而交往是件壞事嗎？」

「沒有，我不會說這是壞事啦……」

「例如說，跟外表可愛的女生交往，對男生來說就是種外在成績吧？叫人不要追求這點，不

是有點嚴格嗎？」

雖然外表的偏好當然是千差萬別，並不絕對。

但我還是有大致學習到普遍的標準。

我在以成績為目的這點提出了有點否定的意見，但她沒有回應。還以為是不是在思考該怎麼反駁，結果她慢慢只將臉朝我這邊露出。

「我、我可愛嗎？」

看來她不是在思考要怎麼反駁。

似乎針對了跟外表可愛的女生交往的這個部分。

「妳覺得我會想跟不可愛的對象交往嗎？」

惠用奇怪的方式噘起嘴，游移似的逃開剛才對上的眼神。

水壺裡開始滾的熱水發出煮沸聲。

覺得對方可愛，並不會侷限於外表。個性或體型、聲音或舉止、家教或教養，各種要素重疊才會變得惹人憐愛。

「我……我也覺得清隆你超帥的呢。」

我並沒有尋求相同的答案，但惠還是這麼說，然後縮到廚房裡。

我一邊聽著完全沸騰的熱水聲，以及熱水注入杯子的聲音，一邊沒什麼意義地轉著台。

然後，惠過不久就回來，一臉得意地把倒入咖啡的杯子擺在桌上。惠說她的飲料是紅茶，最後不知為何卻變成了咖啡歐蕾。

「謝謝。」

「不客氣。」

我們在桌上攤開一年級時的課本。

然後準備筆記本和筆，營造剛才在讀書的狀況。

假如發生意料之外的事態，這樣也能作為剛才在讀書的藉口。

可以的話，我是很不希望發展成那樣。

從進房間到現在，全都是因為曾經讓天澤進到房間裡所做出的防禦對策。

接下來就是花時間在無關緊要的話題上。

從今天在學校發生過的事開始，回溯到前幾天的事。

黃金週裡見了誰、看了什麼節目。

惠同時讓我看了她拍的照片消磨時間。

各種話題有長有短，有時也會馬上就結束話題。

共享乍看之下感覺很浪費的時間。可是，這絕對不算是壞事。

我也隱約開始一點一點地理解戀愛這種東西。

惠像這樣又笑又生氣，對我展現各種表情，與我在室內約會。

不久話題消耗完，話自然地變少，若無其事的閒聊於是安靜下來，沉默的時間開始增加。室內氣氛明顯變得跟剛才不一樣。

彼此都開始感覺到了什麼。

開始意識到了某些東西。

不對，不是「某些東西」。

我已經明白了那種事。

彼此想要觸碰、渴望對方的情感正在膨脹。

可是，我們一定都不會說出口。

彼此只有眼神在交談。

但要踏出那一步，絕對不簡單。

不管再怎麼看穿對方，仍會思考萬一猜錯的風險。

儘管覺得雙方應該都朝著相同的方向，但還是會思考並非如此的可能性。

「假如被拒絕」的這種負面情緒像間歇泉般噴出。

即使如此——

我還是追著惠打算逃避的眼神不放。

「可以吧？」「但是，可是……」這樣的想法碰撞。

不久，惠死心般地放棄逃避。

身體同時確實感受到時間流逝慢到凍結的感覺……

我們慢慢將身體和身體，以及臉和臉的距離拉近。

不久就靠到了肌膚會感受到對方呼吸的距離。

惠的嘴裡傳來咖啡與牛奶混合的香氣。

再兩秒——不對，再一秒，嘴唇和嘴唇就會交疊。

——叮咚。

玄關響起的門鈴聲，無情地阻止兩人專屬的時光。

彼此的嘴唇剩下極短距離，沒有觸碰。

快要失去的意識被急速拉回現實。

「啊，咦，玄關……？」

惠一副慌張地拉開距離，臉頰一片通紅，但我也沒空好好觀察。沒錯。因為那不是從大廳，而是來自玄關的訪客。

對講機上也明確顯示玄關在呼叫的通知。這跟大廳不一樣，因為沒裝攝影機，不能單方面知道是誰來訪。雖然也可以假裝不在家，但假如惠進到房間有被人看見，就會是一步壞棋。

現在先知道是誰抱著什麼目的來訪，應該會比較好。

「妳等一下。」

「呃，嗯。」

惠有點緊張地點頭。考慮到上次跟天澤的互動，我已經把惠的鞋子收到鞋櫃裡，所以乍看之下房間裡只有我在。

但這個方法未必只有好處。

如果是在玄關稍微站著聊，這就會是最好的方法，然而如果對方想要進入房內，事情就會往可疑的方向急速進展。因為這樣就會完成一個特地把鞋子藏起來，並把女生帶進房間的圖示。

為了以防萬一，我先鎖上玄關U型門扣還真是個正確答案。

這樣就算對方往內窺視也無法確認鞋子，還可以輕易地不讓對方進門。

配合對方說法準備我上鎖的理由，也可以爭取到時間。

之後也可以表示像是改天再說，或是由我移動到對方的房間。

不過直接拜訪我房間的人會是誰呢？

是堀北，或是某個男生？我做出這種無法徹底縮小範圍的猜想，同時從防盜眼確認訪客是誰。

最先映入眼簾的是染成一片紅的頭髮。

「學長～」

接著是甜美的聲音。

簡直像是發現了我從防盜眼窺視外面。

「是我啦。」

透過門傳來的這聲音，很確定我就在房間裡。

少女身穿便服，面露笑容。

手上沒特別拿著什麼，似乎雙手空空。

我慢慢開鎖，打開房門。

她是我從四月底以來就沒有任何交流，一年A班的天澤一夏。

正因為預估對方不會前來接觸，所以這登場可以說讓我很意外。

她為了寶泉而從我房間拿出同一把刀，並且協助了寶泉，我還以為現在我知道這件事，天澤就會保持一定的距離。

但像天澤這樣再次出現在我面前，卻沒有表現出任何愧疚的樣子。

她該不會覺得自己參與的事沒有曝光吧？

不對，在寶泉的計畫發動的時間點，天澤的參與幾乎就算是露餡了。

「妳是怎麼進宿舍的？」

「碰巧有其他學長姊回來，所以我就一起進來了。想說給你一個驚喜。」

如果是大廳的對講機，無論如何都會被我知道訪客是誰。

她為了避免這點而利用其他學生嗎？

「所以呢？」

「我在想你手上的傷不知道要不要緊。我很擔心，所以忍不住來看看狀況。」

機靈的天澤，似乎不可能天真地認為自己參與沒被發現。

倒不如說，她還抱著主動暗示參與的那種態度。

天澤糾纏不休地用右手食指碰觸了U型門扣。

「能請你解開這個嗎？」

她如小惡魔般地笑著，眼神則在確認放在玄關的鞋子。

她是看見U型門扣而預測有人過來，還是說……

「已經傍晚了，要不要明天再說？沒事就讓學妹進房間會是個問題呢。」

如果真的只是來看我的手的情況，這樣應該就能讓她回去。

但天澤不打算從那地方移動。

她將左手移往自己的嘴唇，做出思考般的舉止。

「學長好像也是一個人，我就順便讓你請我吃頓飯吧。」

天澤似乎是為了設法進房，於是轉移了話題的方向。

「因為我有權力叫你煮飯呢。沒忘記我跟須藤學長搭檔的事吧？」

我有預測到如果她打算強行進來，大概就會利用這招。

既然這樣，我也只要配合這點行動。

「抱歉啊，現在食材用完了。冰箱裡什麼也沒放。」

「咦——這樣嗎——？你要好好儲備啦～」

天澤露出看似傷腦筋，實則不然的表情，然後不滿地說：

「假如妳無論如何都要是今天，那要等我做好準備再一起出去採買嗎？」

我跟惠的約會將會結束，但這樣就不會被她多餘地插嘴。

雖然她們碰過一次面，但我不希望給天澤自己會頻繁招待惠進房間的情報。

「這樣呀，沒食材呀～真遺憾～」

天澤覺得有點有意思地笑了出來。

「門別關喲。」

天澤這樣說完，就一度消失在我的視野中。

接著——喀沙！她左手提起了感覺原本是放在走廊地板上的塑膠袋，並從隙縫拿來給我看。

我剛才看見附在門上的防盜眼時，確認過她是雙手空空。就算她放在腳邊，透過防盜眼很難看見，但應該還是看得出來才對。

這行動完全預測到我會利用什麼藉口。

她似乎把放了食材的塑膠袋擺在從我的視角看不到的位置。

因為食材不夠所以不能進房間的理由被封殺了。

我知道天澤很聰明，但這真是超出了我的想像呢。

既然變成這樣，那我要承認說謊，改成把她趕回去嗎？

只要說今天就是沒心情，所以想要拒絕而說了謊就可以了。

這些是經歷過與天澤之間發生的事才有的幾項對策，但沒想到最先測試這些對策的對象就是天澤本人。

不過天澤會不會這樣就接受，就另當別論了。

我有自信這對其他學生行得通，可是因為天澤知道我和惠的事。

「你不想讓我進房間，所以說了謊嗎？」

在連一秒都不到的沉默裡，天澤不放過我似的進一步迂迴出擊。

這麼一來，天澤今天在這個時間點來訪就不是偶然了。

「學長，你不是一個人吧？」

「妳為什麼會這樣想？」

這果然是確定惠來拜訪我的房間才做出的行動。

應該當作她有在某處監視著惠。

「因為我都有在看著，從輕井澤學姊回到宿舍時，我就一～直看著她了呢。」

天澤印證這點般說出這件事實。她應該是私下確認過惠進了我的房間，然後再去採買食材了吧。她似乎是背著通過兩次自動門禁的風險，並擬定了戰略。

「居然不惜藏起她的鞋子也要顯得她不在裡面，你們在做什麼不正經的事嗎？」

「因為交往的事還沒告訴任何人呢。我只是為了以防萬一所以先隱瞞。」

「啊，終於承認啦？哎呀，我也不是不懂你想隱瞞的心情啦，但已經被我發現了，所以不用說謊也沒關係吧？」

她好像對於我有所隱瞞感到不滿，露出有點鬧彆扭的表情。

「我姑且是出於善意而把這當作祕密……不過，我要不要抖出來呢？」

我們沒有公開交往，天澤也調查完畢了吧。

否則她不可能作為談判籌碼。

也就是說，這段對話也只是形式上的東西。

在這邊拒絕的話，天澤恐怕有真的說出去的可能性。

如果考慮到惠的將來，由天澤洩漏出我們正在交往就不是上策。

因為完全自發性的公開正在交往才理想。既然這樣我也只能放棄抵抗了。貫徹不利防守的我承認了敗北。

「妳稍等。我開鎖。」

「好的──」

天澤坦率地回應。我一關上門，就對在室內露出不安表情的惠投以表示「沒問題」的眼神。

她都這樣光明正大進來了，我也只能正面應戰。我解開U字門扣，把天澤接了進來。

天澤與只露出一張臉的惠對上眼神，就擺出微笑。

另一方面，惠則一臉不爽地站著接受。

「不行耶，年輕男女居然鎖著門獨處。」

天澤已經充滿要進門的氣勢，她邊脫鞋子邊這麼說。

「有什麼不行？不是到處都有交往中的情侶嗎？」

「嗯，是沒錯啦～但總覺得看著你們兩個，就有種不正經的感覺。」

我希望她出示證據，但想到剛才快接吻的氣氛，就無法對天澤的指摘生氣。

她一進客廳，就望向床鋪。

「衣衫沒有不整，床也不亂，原來你們沒有在做些什麼呢。」

「這、這還用說！是說，妳是怎樣啊，突然跑來！」

惠直到剛才都很溫順，但因為天澤的登場而怒火中燒。

這憤怒也含有一些類似焦躁的情緒吧。

她應該有聽見要是壞了天澤的心情，我們的關係就會被洩漏出去。

「我還以為你們一定是不純潔的異性交往……是在做什麼色色的事呢。」

剛才的發言就有點開黃腔，但天澤還進一步說了更深入的發言。

而且不是對我，是對著惠說。

惠不禁語塞，比起臉紅，她的反應在更進一步的階段。

她露出帶有「這傢伙在說什麼鬼話」這種扭曲情緒的表情。

天澤始終在做試探我們的舉止，並且屢屢確認惠的狀況。

理解無法從我身上刺探，於是就從惠身上蒐集情報。

我不能繼續造成惠的負擔，於是插了嘴。

「這可是校規禁止的事情。」

目的是盡量藉由冷靜的對應讓惠混亂的內心冷靜下來。

可是天澤聽見我這麼說，並沒有表現出畏懼的模樣。

「違反校規之類的不就只是擺好看的嗎？學校裡也有一堆露骨交往、打情罵俏的情侶。去超商的話，就連保險套都有在賣。我試著實際購買，店員也是睜一隻眼閉一隻眼喲。哎呀。要是凡事都禁止，讓年輕人失控……結果卻懷孕的話，才會是個大問題呢。」

天澤這樣說完，就用左手從塑膠袋裡拿出保險套放在桌上。

意思似乎是證明她有實際買下。

如果不存在這類商品，不純潔異性交往的結果就會是懷孕這條路。

儘管校方表面上禁止，但應該就是「要做就絕對不要曝光而且要避孕」這種類似潛規則的事吧。

惠已經完全無語，視線在天澤、我以及保險套之間徘徊。

「這是我送你們的禮物……不對，應該算是這次情況的賠禮嗎？」

「我不記得有什麼需要被妳賠罪呢。」

「又來了～你手上的那個傷口跟我有關係吧？因為我協助了寶泉同學。」

她毫不愧疚地說出來。

根本不用逼她承認，她就自己自白了嗎？

「是、是這樣呀？」

惠聽著這番話，不禁大吃一驚。

現在，我真希望惠可以謹慎，不要做出多餘的發言。

光是一句吃驚的發言，就會給予對方資訊。

她可以判斷我跟惠說了多少內容，還有她是不是個值得說的對象。

「我在想，綾小路學長是不是誤會了我呢。」

「誤會？」

「意思就是我不是你的敵人。」

「妳好像也發現了，那我就告訴妳吧。妳這句話實在讓人難以相信呢。」

「是嗎？是因為我從旁指點了寶泉同學？」

假如天澤沒有接觸我的話，這次的事件就會變得不一樣。

要把寶泉自殘的行為算成我的責任就會很沒說服力，並且以自我毀滅的形式結束吧。

不對，再怎麼說，感覺寶泉本身也有想到什麼其他的手段，但不論如何，這無疑都是因為天澤牽涉其中才會昇華成一個確立的戰略。

「我就猜猜剛才學長在想的事吧？我補綴了寶泉同學想到的要讓你退學的計畫，提昇了讓你退學的可能性。這種人說自己不是敵人，別笑死人了——大概就是這樣吧？我的評價，真是被你看輕了耶。」

「我不記得自己有小看妳耶。我對妳有充分的正面評價。」

「是這樣嗎？我不這麼覺得耶。」

惠茫然不知所措，但聽著我跟天澤的對話，還是恢復了部分的冷靜。

「等、等一下啦，妳說打算讓清隆退學……咦，這是怎麼回事？」

我有跟惠說過左手受傷，但沒有連細節都說明。

「哦？」

天澤看見惠這種慌張的反應，於是深感興趣地微笑。

「原來綾小路學長沒告訴女朋友啊。那麼兩千萬賞金的事情也是嗎？」

「什、什麼啊？兩千萬？」

她是故意提這件事，來刺探我們的關係——應該可以看成是這樣沒有錯。

「細節之後再問妳男朋友就可以了吧？對吧，學長？」

既然她都這麼說，待會兒我也不得不向惠說明了。

「我跟寶泉同學打算利用刀子把綾小路學長逼得退學——學長是在我們一起出去採買時發現這件事實的，對吧？」

我在天澤說到這邊時，想法開始有所修正。

「我在這間學校應該是第一次看見廚房用品。但我卻在選擇刀子的動作上毫不猶豫。然後你之後向店員確認，得知有人打算買下一樣的刀子。所以你才能瞬間做出判斷，順利防止寶泉同學

的自殘行為……對吧？」

我會抵達那個答案，就是因為走過天澤留下的痕跡。

不過，意思就是那是她刻意不消除並留下來的痕跡。

我抵達正確答案，將寶泉的戰略防患於未然。

確實如果天澤完美演出的話，狀況或許就會改變了。

「妳還真是溫柔啊。」

「我覺得突然被懸賞，搞不清楚狀況就被退學，這樣很可憐呢。」

普通高一生的腦筋會動得這麼快嗎？我對此感到疑問。

天澤一夏。

如果對照她的思考，就算告訴我她是White Room的學生，我也可以接受。

不過這樣的話，說出這麼深入的話題，就像是要讓我知道她的真面目。要是現在在此被我知道真面目，會有什麼好處？

或者她就跟坂柳一樣，是在與White Room無關的地方磨練才能的呢？

不論如何，天澤在我內心認定該留意的人物排名還是上升了。

「啊——我渴了——真想喝咖啡之類的呢——」

天澤一副尋求什麼似的，聲音甜膩地要求飲料。

見到這聲音與態度，惠露出了明顯充滿厭惡感的表情，完全不打算隱藏。

「妳去幫天澤泡咖啡。」

「咦——我？」

「不要的話就由我泡。妳就跟天澤聊個天吧。」

「……我來泡。」

負責泡咖啡與負責聊天——她似乎評估了哪種比較好，選擇了泡咖啡。

惠站起來前往廚房，天澤對著她的背影加上要求。

「麻煩妳加砂糖和牛奶——」

「唔！好啦好啦！」

天澤對用力鼓起臉頰接受的惠進一步說：

「別因為討厭我，就加入髒水或灰塵喲。」

「我才不會做那種事！」

天澤故意說出惹她生氣的話，愉快地笑著。

她無庸置疑就是小惡魔……不對，或許要去除「小」字，根本是個惡魔。

惠暫時從視野中消失，客廳變成我們倆獨處。天澤望向擺在桌上的課本及筆記。

「總～覺得這是那種故意放的讀書道具呢。」

「擅自斷言各種事的妳來看，應該就會像那樣吧。」

既然她一開始就懷疑我們在做的所有事，那遮掩也沒用。

「呃——我看看。一九七二年聯合國教科文組織通過的條約是什麼。」

天澤看見題目，就面向空白狀態的筆記本，以左手握住自動筆，用漂亮的字寫下「世界遺產條約」。

「答對了答對了～」

天澤自己解答，自己拍手。

「欸，不要隨便寫我的筆記本啦！」

惠很在意狀況於是探出臉，警告未經許可就在筆記本上寫字的天澤。

「有什麼關係——我就只是寫一下。」

「就是有關係！」

她很生氣，然後把臉縮回廚房裡。

「學長的女朋友……有點容易生氣呢。」

她輕聲地說悄悄話，但光是被惠看見這副模樣就是個問題。

我設法不被看見，接著惠絲毫沒有隱瞞不悅，在杯中倒入咖啡之後就回來了。砂糖和牛奶都有好好加了進去。

「請、享、用！」

「謝謝妳～輕井澤學姊！」

天澤微笑。

可是，她沒打算喝下那杯咖啡就站了起來。

「那麼，賠禮也已經交給你了，我就回去吧。食材就請你隨意使用。」

天澤說出目的就是這個，並轉身離開。

「啥？這算什麼？妳不喝完再走？我都泡好了耶。」

「要我慢慢待著也是可以，但妳沒關係嗎～？」

「……這、這……我是很希望妳回去啦。」

「是吧——？所以，我就回去嘍——」

她好像是為了鬧著惠玩，才特地要惠去泡咖啡。

所謂的天不怕地不怕就是這麼回事吧。

她迅速站起，如風一般離去。

天澤離開後，房間裡就突然恢復了寧靜。

但直到剛才的甜蜜氛圍都不知去向，現在氣氛非常沉重。

「清隆，那個女生是怎樣啊！」

「我也想問。」

「……吼，我真的很生氣！」

惠變得焦躁易怒，但一直聊天澤的話題也沒用。

她自己好像也很想趕快換個話題，於是改變了方向。

「解釋給我聽嘛，兩千萬的賞金是什麼？跟你的那個傷口有關係嗎？」

我沒有說出來，並不是因為想把這當作祕密。

是因為我不想說出這種事，讓惠無謂地操心。

但狀況似乎變得沒辦法這麼做了。

我決定把現在發生的現狀告訴惠。

接近的夏天，激戰的預感

六月也已接近中旬。四月底的特別考試後，我們完全沒有展開新的特別考試，而是重複過著普通的校園生活。那個應該正在盯著我的White Room學生，也依然不見動作。

我這邊發生過的不便事件，就只有天澤來訪的那一次，並沒有攸關退學那種迫在眉睫的危機。

不過都怪當時的事件印象深刻，所以我們至今還是維持錯失接吻時機的狀態。就算發展成不錯的氣氛，也依然保持在看不見的牆壁隔著我們的狀態。儘管我有拆除那道牆並讓關係進展的想法，應該也沒必要著急。隨著時間的流逝，惠應該就會自己拆除那道牆，自然而然地前往下個階段。可以說在促使惠的心靈成長上，這樣才會比較有效果。

季節隨著這對高中生來說實在太充實的日常，紮實地邁向夏天。

外面的氣溫開始一點一點地上升，跟往年差不多。非常晴朗的日子也開始會出現三十度左右的紀錄。這就是春夏季節交替的時候。

我不經意地度過了一段很長的校園生活，途中經常聽見一個話題。

那就是最喜歡什麼季節——這種無關緊要的話題。但這其實也是個深奧且有趣的話題。

即使是在同樣的地方出生，以同樣的方式養大的人們，他們喜歡的四季也各有不同。

我在這間學校經歷了所有季節，並再次盼望著即將轉熱的季節。我想了想關於這樣的自己，然後理解了自己最喜歡夏天。

不知是否因為如此，所以藍天在這個季節才會顯得最美麗且耀眼。

「早安，綾小路學長。」

我望著藍天走路，此時被人從前方叫住。

對方是一年D班的學生七瀨翼。

她似乎一個人上學，周圍沒有像是朋友的人物。

「喔，早安。」

考慮到她走在我的前面，她是偶然轉過身發現我，或是有事找我而等我呢？

「天上有什麼嗎？」

沒認知到七瀨的存在是因為我專心在看著藍天，但從她有發現這件事來看，她似乎仔細觀察了我。

「沒什麼。我只是在看藍天。」

「在看藍天嗎？」

與我並肩的七瀨也跟我一樣，將視線望向天空那邊。

今天是一片萬里無雲的藍天。

「畢竟天氣很好呢。」

「是啊。話說回來，好久不見。」

就算有擦身而過，也已經很久沒有像這樣對話。

「是的。睽違大約一個半月不見了。」

七瀨與寶泉串通，訂出把我逼到退學的計畫。她就跟天澤一樣，但通常就算覺得難以接近我也不足為奇。

「我覺得自己對綾小路學長做了很抱歉的事。」

七瀨就這樣望向藍天，並這麼說。

看來她好像比我想像中更有想法。

「你會恨我嗎？」

「我沒有任何理由怨恨。因為那就是特別考試吧？是沒辦法的事情。再說妳也有表現出袒護我的態度。」

雖然七瀨協助了寶泉，最後卻還是不顧危險地衝來前面。

然後與釋出敵意的寶泉對峙——這我記得很清楚。

「那場特別考試已經結束了嗎？我沒問妳期限呢。」

「沒有，還在繼續。期限直到第二學期開始。」

總之，特別考試目前還會持續一段時間嗎？但這樣的話，對於七瀨和寶泉這一個半月沉寂，我就會有點掛心。

「你應該很在意我沒有來接觸你吧？」

「說不在意是騙人的呢。我也會不安，覺得你們是不是在背地裡策劃什麼。」

「因為我們經過上次，確定就算採取策略也無法輕易適用。既然被你知道了目的，要在日常生活中把你逼入絕境就會極為困難。」

「你們正在等待會扯進其他年級的特別考試嗎？但其他學生又怎麼樣呢？」

「我認為寶泉同學設下某些圈套的事已經廣為人知了。」

「妳的意思是其他人判斷既然那個寶泉都失敗了，那就不會貿然行動嗎？我還真是因禍得福。」

「雖然我不知道以左手為代價算不算是划算。」

不論好壞，寶泉和臣在一年級裡都算是引人注目的學生之一。

那個寶泉最先採取行動或許也算某種幸運。

問題是有誰掌握了這場背地裡的特別考試。

要問七瀨是很簡單……

我試著看她好幾眼，但她一直別開眼神，於是我就放棄並重新看向前方。就算拋出疑問，七瀨也不會回答呢。剩下的三班為了不被我發現真面目，至今都還在隱瞞他們的存在。為了維持平等，她應該不會做出出賣同學的舉止。七瀨就只有讓我理解特別考試的存在，並抵銷D班的不利而已。

「謝謝你能體諒我的想法。」

因為我一直保持沉默，七瀨就理解似的這麼說。

我想反正都是要一起去學校，所以決定聊一聊完全無關的話題。

「妳好像完全習慣學校了呢。」

舉止似乎也已脫離未經世故，並且融入了學校。

「是的。我想包含我在內，同年級生們也對特殊狀況開始有抗性了。我不知道學長了解到什麼程度，但一年級在五月底有了第二次的特別考試。」

就像二年級有二年級的戰鬥，一年級也有一年級的戰鬥。

「雖然不是直接問過哪個人，但我也有聽說。好像出現退學者了呢。」

那場特別考試上出現一名退學者的事，二年級也有耳聞。

「再怎麼說你還是知道呢。一年C班有一個男生退學了。」

那名學生的存在也從ＯＡＡ的清單上消失了。

雖然是個擁有學力Ａ的學生，但應該是受到了某些懲罰吧。

「只要扯上退學的話，不論如何都會傳起謠言。」

「在這間學校裡，直到昨天都一起歡笑的朋友，都可能無情地消失不見。這再次讓我深深理解必須不留下後悔地度過校園生活。」

目前還事不關己，不過一年Ｄ班也不知何時會出現退學者。

像七瀨這樣抱著危機意識是非常重要的。

話雖如此，至於其他學年的班級點數狀況，我實在一無所知。

所以若說到是贏是輸，我完全沒有情報。

「那場特別考試上，Ｄ班的結果怎麼樣？」

「上次是最後一名，這次是第三名。很遺憾，成績不太好。但這次的戰鬥我們跟前段的Ａ班、Ｂ班非常接近，所以班級點數的差距只有一點點。」

他們以Ａ班與Ｂ班為對手，好像感覺到了可以抓著對手不放的手感。

另一方面，Ｃ班會掉到最下面，很大的原因應該就是有人退學。

「寶泉那邊最近都很安分嗎？還是說——」

「說沒有問題行為是騙人的。可是，他跟這次的退學騷動沒有扯上關係。因為寶泉同學似乎對你很熱衷。」

剛才一直看著天空的七瀨，現在苦笑著往我這邊看。

「雖然這是很強硬的結果論，但我覺得多虧綾小路學長，他有變得安分一些了。該說是寶泉同學原本只針對一年級生們的強烈情緒也投向了學長嗎？因為他最近會像講口頭禪一樣，常說『快點讓我跟二年級對決』。真是太好了呢。」

這——對一年級來說確實是好事。我和魁梧又顯眼的寶泉偶爾擦身時會對上眼神，回想起來，那就是「快點對決吧」的視線呢。

「或許和一年級們戰鬥的時候遲早也會到來呢。」

現在只有合作過一次。

如果南雲的方針被大力推薦，那互相競爭的日子也就沒那麼遙遠了。

「我打算過上一段沒有遺憾的校園生活。」

「這樣才好。」

正如七瀨說的那樣，互相歡笑的朋友們隔天就會消失。

這裡就是可能發生這種事的學校。

正因如此才必須珍惜每天的經過，不視為理所當然。

因為消逝的日子都會作為確定的過去，不可能回來。

「也請綾小路學長一定要度過沒有遺憾的校園生活。」

七瀨像是在暗示今後我的校園生活所剩無幾。

她看著我這邊的眼神中似乎含有堅定的意志。

「我當然會讓自己不留下遺憾。」

我這麼答完，七瀨就滿足地用力點頭。

「那麼我就告辭了。」

靠近校舍時，七瀨這樣說完，就低頭向我道別。

1

考慮到一年級生五月底就考了第二次的特別考試，我們二年級生何時會被公布特別考試都不奇怪。大約就是在我們做好這種覺悟的時候。

就像是要測試這份覺悟，班上開始了一場與平時不同的早晨班會。

「大家都有到齊，真是再好不過了。」

確認了出缺席的茶柱，為了播出螢幕的畫面而操作起平板。

沒多久，她似乎就做完了準備，在切換到全白的畫面後重新面向學生們。

「我跟你們的交情也久了，你們應該隱約察覺到了吧。」

新的特別考試要開始了。

——不管是誰都差點脫口說出這句話，但還是等待茶柱的下一句發言。

除了部分學生，茶柱集中多數學生的目光後，就在沉默後稍微笑了出來。

「我待會兒的確要進行特別考試的話題，因為會拉長你們的期待，我就把這個放在後面吧。先說明關於暑假的事。」

茶柱這樣說完就把目光落在平板上。接著螢幕上就播出了影像。

最先顯示出來的就是一張豪華客船的照片。

我們D班看過很類似的船。

「我要先向你們說明暑假的假期。」

彼此互看的學生們，對這種花言巧語有一瞬間差點表現出喜悅。

可是，對於船與假期的這種組合，腦中不論如何都會深深印上有別與此的記憶。

心想這間學校不可能只讓我們不勞而獲。在我們漸漸想起這點的情況下，螢幕的照片從船外換成了船內。日程也同樣顯示了出來。

「八月四日到八月十一日，八天七夜，你們可以在這艘豪華客船自由盡情享受暑假。要看戲

劇或要大啖美食都可以，然後船上完全不會有舉行特別考試的狀況。」

也就代表那會是純粹、無庸置疑的渡假，保證有約一個星期。

強烈抱著懷疑的學生們，心裡產生一絲鬆懈。

可是，這份鬆懈在畫面消失的同時也消失了。

簡直在說最好不要看。

「不過如果要盡情享受這趟船上旅遊，就必須平安無事地考完下一場特別考試。」

老師讓同學們在短暫時間內有種作夢般的心情，然後又急速地將眾人拖回現實。

被捧起再落下的行為，通常會讓人非常失落。

可是，學生們瞬間就切換想法，移往接受戰鬥的架式。

「再怎麼說，你們都有在學習呢。」

茶柱佩服地露出了認同的笑容。

她並非出於單純的壞心眼才在最一開始提出假期的話題。

應該是因為想證明即使同樣是D班，我們也與一年前的D班不一樣。

因為連續反覆地考試，我們也學到了收心的方法。

「特別考試會從什麼時候開始呢？」

坐在最前方中間座位的堀北提問。

「平常都是『今天明天就會開始』的發展，但很遺憾，考試還要一段時間。下次的特別考試會舉行在暑假。」

這是學校在結束第一學期之後，利用暑假舉行的特別考試嗎？

我在意的是就提前說明來講，時候也太早了。儘管還有一個月以上卻還是告知學生，這有什麼意義呢？

總之，如果看了至今的過程，學生們不管願不願意，腦中都會浮現一種特別考試。在恐怕所有人的想法都一致的時間點，這也因為茶柱的話而變得具體。

「學校要你們參加『無人島野外求生』，並且互相競爭。」

特別考試——無人島野外求生。一年級暑假舉行的班級別戰鬥，仍確實地烙印在腦海裡。那是採用巧妙運用各班被給予的有限班級點數競爭、猜測誰是班級領袖，以及藉由占領據點獲取分數這類規則的特別考試。

「今年也要考那個啊……」

平常都會乖乖聽特別考試說明的啟誠，回憶似的低語。

畢竟當初因為D班的男女生起了激烈的內鬨而很辛苦。

「各位應該都會想起去年的無人島野外求生考試，但今年舉行的考試會跟以前的劃清界線。大概會比任何考試都更殘酷且嚴苛。當然，能獲得的班級點數、個人點數都會極為龐大。」

去年的無人島野外求生，我們要怎麼戰鬥都是自由的。如果很執著勝利，就需要徹底節約，如果要放棄勝利，也允許相較之下比較自由地度過考試——就是這種內容。另外，就連退學之類的嚴厲措施，只要不打破重要的規則也等於不存在。

她說將會殘酷且嚴苛，但與去年相比考試又會加入什麼變化呢？

就算不用著急，茶柱應該也會馬上帶來這個答案吧。

「先從日程開始詳細說明吧。待會兒你們的裝置也可以下載與確認，所以現在沒必要做筆記。」

茶柱這樣做出指示，於再次亮起的螢幕上顯示特別考試的日程。

七月十九日　操場集合，搭巴士出發，並於港口搭上客船開始移動。

七月二十日　特別考試開始。說明特別考試以及交付物資等等。

八月三日　特別考試結束。在船內公布名次，按照結果支付報酬。

※八月的個人點數，會在套用無人島考試的結果之後支付。

八月四日　船上巡航，全天皆為自由行動。

八月十一日　抵達港口，回學校解散。

宣告第一學期結業式在十六日星期五。排程是在三天後出發。

而且也可知道特別考試的期間是上次的兩倍，長達兩星期。

「老師，我覺得如果是這種日程的話，暑假會變得非常短，這部分會變得怎麼樣呢？」

西村覺得很疑惑，拋出銳利的疑問。暑假一般都是四十天左右，但就算把船上的巡航算成暑假，也只有給了大約二十四天。學生們會心生不滿也理所當然。

「很遺憾，不會補償。暑假變短是既定事項。」

校方正面接下學生放出的箭矢。

當然無法避免會發起一些噓聲。

因為對於許多學生們來說，比起在學校學習的一天，休假才更寶貴。

「不過，取而代之地會在豪華客船上進行一個星期的巡航。視想法而定，這個星期應該會

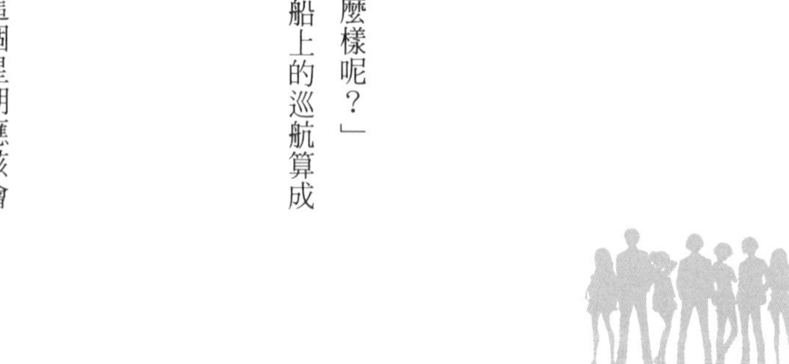

帶給你們超越失去的那兩個星期的價值。我剛才也說過，那趟巡航可以作為純粹的休假盡情享受。」

把這當作鼓勵加油吧——似乎就是這樣。

去年我們也有搭上豪華客船，但當時可以享受的時間極為短暫呢。我想起我們在無人島野外求生結束後，就被干支考試追著跑。

對於在學校用地裡生活的我們來說，外面的世界既新鮮又刺激。雖然說是在船裡，但可以體驗和平常不一樣的生活，就可說是再好不過的暑假了吧。流露不滿的學生們也因此表現出稍微接受的樣子。不接受的話，也沒辦法往前走。

而且今年和去年不一樣，因為也有了一定程度的充裕個人點數，所以不會在船上感到不便。這對學生們來說，應該也是壓力較少的要因。

「那麼回歸正題吧。去年也舉行過無人島野外求生考試，但最不一樣的地方可以說就是『規模』的不同。加上考試期間是兩個星期，要利用的無人島也會比以前的還要廣大。」

螢幕上顯示出從上空拍攝的一座浮在海上的無人島。

「然後，不只是同年級，考試將採取全年級競爭的形式。」

換句話說，在各種層面上都會以超越上次的規模舉行。

「必須對戰的對手，也會是目前人數最多的一次。」

真是教人意外的發展。這是會牽涉所有年級的野外求生考試。

而且要戰鬥的對手還不只有同年級。這是我特別意外的部分。

「這樣……不是只會不利於一年級，並且有利於三年級嗎？」

討厭不平等的平田提問。若是要跟其他年級合作的考試，那所有人都要平等，但因為這次看來不是如此呢。這麼一來，因為年齡造成的身體能力和經驗差距，就會產生相當大的不利條件。

「我知道你想說的。不過我要先說，不管是什麼考試，都不可能百分之百平等進行。就算這件事只限於你們二年級，即使你們因為早生與晚生而擁有將近一年的差距，也依然在相同的舞台戰鬥吧？」

不過換句話說，就算年級裡會有一年的差距，但如果從年齡上來看，還是會有背負將近兩年不利條件的狀況。

「所謂的高年級生，就是如果一年級生尋求建議，就要作為學長姊給出最低限度的回答，可是要怎麼回答都是個人的自由。同樣的，向三年級生尋求意見也一樣呢。」

如果需要的話，盡情討論似乎也無妨，但這也會是向敵人雪中送炭。

「考試也會安排一些年級別的不利條件，但基本上你們都會在同個戰場上戰鬥。那麼，關於如何填補年級的差距，我們會藉由年級越低，就增加越多能得到的報酬，並減輕所受的懲罰來彌補。」

所以年級越高報酬就會越少，懲罰就會越重嗎？這形式似乎有部分汲取在四月舉行的決定搭檔的特別考試。那場考試上，就算考試內容相同，我們會受到的懲罰就是二年級退學，一年級徵收個人點數——其中有這種巨大的差異。

「我要以這點為前提繼續往下說了。接下來我要說明無人島野外求生新規則的『一部分』概要。」

學生們都對「一部分」這個字眼面面相覷。

「也就是說，我今天在這裡不會公布所有規則。」

「先乖乖聽我說明。」她這樣做出指示，並切換了螢幕畫面。

我看了螢幕，發現「小組」這個又大又醒目的文字。

「要了解無人島野外求生的規則，就必須讓你們了解有關小組的事。」

這次特別考試的開場白似乎會前所未有地漫長。

這也像是在暗示之後等著我們的無人島野外求生有多嚴苛。

「接下來的特別考試，換句話說，就是無人島野外求生上，將採用可以組成最多六人的大組並且合作的規則。然後，你們必須一開始就記住，大組只要是同年級，不論班級為何都可以組隊。」

「這……意思是二年級都是夥伴……？」

堀北認定自己班級以外全都是敵人，她的自言自語傳遍了教室內。

這句自言自語應該也確實傳到了茶柱的耳裡，但她沒有回答地繼續說：

「從今天到七月十六日星期五的那一整天，這大約四個星期的期間，二年級都會被賦予權力，選擇最多兩名喜歡的對象，並建立大組的基礎——最多三人的小組。不過，雖然說可以和喜歡的對象組隊，但還是存在著規則。一個就像我已經說過的那樣，組隊成員只能從同年級的學生裡選擇。規定無法和一年級或三年級組成小組。」

意思就是說，選擇二年A班的學生或二年C班的學生都可以。

聽說一年級最多是四人，而三年級跟二年級一樣可以組成最多三人的小組。這應該是按照年級所準備的平衡調整之一。這件事在螢幕上確實地顯示出來。全班互相合作組成最強的小組戰鬥，或許也可以列入考量。假如可以自由組成理想的小組，當然就會看見勝算。倒不如說，其他年級也會以最佳人選組成小組，而我們要對抗的話，應該也需要集結綜合能力。

「接著是男女的比例。若是男女混合的狀況，女生則必須占三分之二以上。」

兩男一女，或是男女各一的這種小組不行嗎？

小組可能的組合模式，在螢幕上顯示了出來。

「一男」。「兩男」。「三男」。

「一女」。「兩女」。「三女」。

「一男兩女」。

這七個模式。反之「兩男一女」以及「一男一女」這兩者就會被駁回，不會作為小組成立。

「如果是不組成小組……或是無法組成的狀況，會變得怎麼樣呢？」

「就如可能組合的一覽表上顯示的那樣，小組就算維持一人也會成立。雖然好處會減少，可是不會特別發生什麼問題。接下來的特別考試，制定成不管小組人數如何都可以進行呢。這是不論男女想要單獨挑戰都會被許可的機制。」

小組人數多是再好不過，但一個人似乎也能毫無滯礙地進行特別考試。

「應該也有學生認為一個人比較輕鬆，但人數多就是有利，外加學校還準備了特典。我就先建議你們，不到最後都別選擇自己戰鬥的選項吧。」

我以為要是可以輕鬆戰鬥的話，一個人可能也不錯，現在卻被提出無法組成小組的學生就必須在不利狀態下考試的現實。這麼一來，一般學生組成三人組，就會類似是站在起跑線上的最低條件。

「即使是好處很多的組隊也有注意事項。那就是一旦確定小組後，不論有什麼理由都不能移動到其他小組。」

一旦組了隊，直到特別考試結束都要作為夥伴共度。

「小組似乎無法變更，但特別考試上可以組成最多六人的大組吧？可是，接著我們要組成的是最多三人的小組。請問這部分是怎麼回事呢？」

平田對茶柱提問。

「是啊，這地方很重要。特別考試開始後，這次就會解除限制讓小組們聚在一起。不管是兩組三人、三組兩人，或是聚集六組單人都沒關係。可是，那裡也存在組成組別的條件。四人以上的大組裡，女生的比例必須占五成以上。」

規則是從三分之二以上，變成必須二分之一以上是女生。如果會緊隨著限制，那先固定在一人或兩人小組，也很有可能作為戰略。

「聽到這邊，或許也有學生會認為特別考試開始再組隊就好，但普通方式是行不通的。儘管創立小組允許自由組隊，可是在正式考試中組成希望的大組的難度非常高。應該會出現很多期望有最多六人的大組，卻連組成都沒辦法的狀況。」

雖然人數少並非完全沒好處，但考慮到從頭到尾都必須獨自熬過無人島野外求生的風險，在現階段先組成三人小組好像比較保險。

如果不考慮退學者，所有年級的各班都是四十人，而每個學年各有四班，所以一個年級就是一百六十人。從她明確說明可以組成最多六人的大組來看，這次考試上全年級共計最少也有八十一組。正式考試中似乎不保證可以組成六人小組，所以視狀況而定，就會有數量可能多達三位數的小組互相競爭。

「我知道叫你們『好啦，隨意組成小組吧』，你們也會困惑。因為如果不知道考試內容為何，就無法鎖定必要的人才。」

茶柱應該明知所有人都會落入那種想法，卻這麼繼續說：

「我無法告訴你們下場特別考試的內容。不過需要什麼能力，這點我就稍微提一下吧。」

茶柱這麼說完，就看著表情僵硬的學生們。

「去年的無人島野外求生，應該也有很多學生無法發揮自己擁有的潛能並感到著急。不過，你們可以想成今年的考試將會需要『一切能力』。學力、身體能力、精神力、溝通能力，在我剛才舉出的能力之外，你們也大有可能活用自己擅長的能力。」

只會念書、只會運動都不行。

就是說，擅長許多事的學生會比較有利。

雖然無人島‖念書，這乍看很難連結，但也是有好幾種方法。

例如說，制定類似沒答對題目就得不到食材這種規則的情況。

這種情況下可以想像到，只以體力為傲的學生組成的小組三兩下就敗退。

「關係密切的學生們組隊也是重要的要素，但小組的綜合能力也可能直接聯繫特別考試上的成績。我建議考慮適才適所再組隊。」

綜合能力高的學生之間組隊，單純就是有比較高的機率有利地運作。

可是，就像茶柱說的那樣，選擇關係要好的學生也是不能無視的要點。

既然不知道考試內容是什麼，合作也十分可能會起作用。

「雖然我說人數越多越有利，但最大的理由不是因為身體有六個，也不是因為腦袋有六個，而是因為考試是採用淘汰脫隊方式的規則。你們比較一下假如平田只有自己一個在真正的考試上挑戰到最後，以及假如平田、須藤、本堂這三人組挑戰到最後的情況吧。」

她在平板上輸入完某些東西，螢幕就切換並顯示出只有平田的小組，以及包含平田在內的三人組的名字。各自名字的框內都塗上了藍色。

「我就假設在特別考試中，平田遭遇了某些無法繼續考試的意外，變得不可能繼續進行下去吧。自己參加考試的狀況，在那個時間點小組當然就會失去資格並且受到懲罰。」

平田個人那邊，名字變成了紅色，表示失去資格。

「另一方面，如果平田在組成三人組的狀態下中途退出，又會變得如何……」

儘管平田的名字轉紅，其他兩名都還是藍色。

「雖然失去資格的平田要回到船內，但剩下的兩人還是可以平安無事地繼續考試。然後，假如那個小組贏到最後並得到第一名，平田也是小組的一員，所以當然也會被當作第一名。」

意思是就算個人脫落，只要小組存活下來就沒問題了嗎？

話雖如此，基本上小組欠缺人數就只有壞處。

「不管中途少了幾人，組別直到變成最後一人都會沒有不便地運作下去。總之，意思就是人數越多，單純就是剩下來的組員也會越多。」

原來如此。可以確定的是組別的重要性相當高。

就算是再有能力的學生，都會伴隨受傷或生病的意外。

即使是在分散那些風險的意義上，在取勝時編成六人組別都是必不可缺的。

「充分了解小組的重要性後，就來說明報酬吧。」

這次的無人島野外求生會帶給班級的影響，現在才在此公開。

〇報酬

第一名的組別

班級點數三百點，個人點數一百萬點，保護點數一點。

第二名的組別

班級點數兩百點，個人點數五十萬點。

第三名的組別

班級點數一百點，個人點數二十五萬點。

得到前百分之五十的組別（包含第一名至第三名）

個人點數五萬點。

得到前百分之七十的組別（包含第一名至第三名）

個人點數一萬點。

※前三組獲得的班級點數，將從倒數三組的年級移動過來。

關於班級點數，不論人數有多少，都會按照班級數量均等分配（四捨五入）。

顯示在螢幕上的報酬，不論是班級點數或個人點數都相當高額。假如到第三名為止都是自己的班級獨占，就會發生不得了的變動，但後面還是有奇怪的注意事項。

「這就是這次的報酬一覽表。需要注意的就是這次無法和同年級以外的組隊，因此這勢必會是年級別的競爭。不過，報酬和懲罰的影響是『整個小組』執行。換句話說，如果能以只有D班組成的小組拿下第一名，第一名的報酬就會全是D班的東西。反過來說，如果混合四班的小組拿

下第一名，四班就會均等分配報酬。能創立從各班蒐羅最強學生的小組，勝率或許就會提昇，可是班級點數就不會有任何變動。」

由於不會因人數差距而形成重複，所以就只會是四個班級平均分攤三百點。

這樣就算拿第一名也不會拉近班級點數的差距。不對，現階段只能創立最多三人的小組，勢必會有一班無法加入。這樣的話，理想的討論應該就是不可能的。

「接著——前三組被支付的這筆總共多達六百點的龐大班級點數，將會從掉到倒數三組的年級平均徵收。運作機制就是假如第一名是二年級的組別，最後一名是一年級的組別，那就會從一年級各班回收班級點數。第二名從倒數第二名，第三名從倒數第三名的組別——將會這樣對照年級。」

也就是說，這也十分有可能發展成不同年級間的爭奪戰嗎？

「其次，我要先說明成為對照目標的前段與後段小組，如果兩者年級相同的狀況。這種狀況有點特殊，最後一名小組含有的班級要支付前段班級一百點的班級點數，倒數第二名是六十六點，而倒數第三名則會是三十三點。如果是一個班級獨得第一名，一樣可以拿到三百點，但如果同時單獨掉到最後一名的話，就會扣除一百點，只能獲得兩百點。」

如果混合四班的小組獲勝，每班可以得到的班級點數就是七十五。意思就是說即使拿到第一名，要是含有自己班上學生的小組掉到最後一名，也會出現虧損的情形嗎？

「另外，如果要被徵收的班級點數未滿報酬額度，存在著剩餘點數由學校填補的規定。向其他年級徵收時也適用於相同的規則。」

即使要支付的班級點數不夠，報酬似乎也有確實的保障。

「還有，如果混合四班的小組拿到最後一名，要支付的班級點數會稍微降低。處罰會降低到最後一名七十五點，倒數第二名五十點，倒數第三名二十五點。意思就是平均負擔。」

在難以合作的考試上，這就像是一點類似紅利的東西吧。

「而掉到後段的小組當然會受懲罰。雖然要被奪取的班級點數是參照倒數三名小組的結果，但不會只有這樣。結果上屬於倒數五組的學生們將會退學。」

學生們都倒抽一口氣。

五組——最多三十人會變成退學目標。

「假、假如只有二年D班是要被退學的目標……」

「最壞的情況應該就是班上變成九個人。不過大概不需要那種擔憂。萬一受到懲罰，就要支付個人點數六百萬作為救濟。這筆點數可以按照小組人數分攤，所以如果是六人組，每人個人點數一百萬就可以解決。」

萬一變成懲罰的對象，也留有得救的手段。

「考試開始後就無法借出、借入個人點數，所以條件是在搭船前的階段，自己的手機上就要

持有必要的救助點數。」

不能選擇事後互助，必須在特別考試前先籌措嗎？

「我認為受罰的小組裡也會有拿得出點數，與拿不出點數的學生，如果有任何一人餘額不足，會變得怎麼樣呢？」

「這就放心吧。就算六人中有五個人的餘額不足，持有足夠點數的學生直接支付個人點數一百萬，自己依然會得救。」

人數湊齊也不會有被扯後腿的擔憂。

「我可以提問嗎？」

舉起手的人是坐在茶柱眼前的堀北。

「規則是如果和別班組隊，就相對地要平均分攤報酬。這樣結果不是會變得只選擇跟自己班上的人組隊嗎？」

堀北說就算努力獲勝，但要跟許多班級分攤點數就沒有意義。

「如果妳判斷沒有好處，那妳可以只跟同班同學組隊。就是這樣而已。」

「要怎麼做就自己想吧。」茶柱回應。

這個問題應該沒有確實的正確答案。但有個很確定的，就是如果想要獨占報酬，並只在班上成立小組，其餘聚在一起的小組就會被迫苦戰，結果同時也會建立出接近退學的小組。另一方面，雖然增加班級數量，報酬本身會減少，但是比較容易組成能力範圍更廣的小組，加上這樣也可以控制受罰的風險。當然，雖然這也會產生其他風險。

為了無人島野外求生而成立小組。

如果統整茶柱目前提出的資訊，就會是這樣：

・在無人島會舉行最長兩個星期的野外求生。
・要求的能力各式各樣，綜合能力高比較有利，但不能無視團結力。
・前段小組會被賦予班級點數、個人點數、保護點數這種特別的報酬（但班級點數是按照班級數量平均分攤）。
・考試是以最少一人到最多六人一組進行，人數越多越有利（組別排名取決於最後脫隊的學生）。
・後段小組會受罰，甚至可能退學。
・按照規則，可以在年級內自由組成小組（最多三人）。
・考試中要組成大組並不容易。

大略上是這樣，但只憑這些規則說明看不出全貌。

「到這邊已經是各種麻煩的說明，不過我還有要解釋的事情。」

茶柱吐了口氣，轉移到後續的說明。

「請看這個。」

黑板的螢幕切換畫面，顯示出八個項目。

基本卡一覽

領先……考試開始時，能使用的點數變成一點五倍。

追加……持有者得到的個人點數報酬變成兩倍。

減半……讓懲罰時支付的個人點數減半。
只會反映在持卡學生身上。

搭順風車……額外獲得考試開始時指定小組的一半個人點數報酬。
如果指定小組與自己併為一組，效果則消滅。

保險……考試中因身體不適而失去資格時，持有者會得到僅有一天的恢復緩衝。
因為不正當行為而失去資格等則無效。

特殊卡一覽

增員……擁有此卡的學生可以作為第七名學生存在於組別。
考試開始後發揮效力，且不受男女比例影響。

無效……懲罰時支付的個人點數會變成零。
只會反映在持卡學生身上。

試煉……獲得讓特別考試班級點數報酬乘以一點五倍的權利。
但如果沒進入前百分之三十的組別，組別就會受罰。
另外，增加部分的報酬由校方填補。

「這、這是什麼啊？」

「這是會帶給無人島野外求生特別考試影響，要發給每個人各一張——也就是類似道具的東

西。除了部分卡片，這是拿著也不會有損失的東西。如果看過說明文字，就能大致理解其效力了吧。」

從讓特別考試占優勢的卡片，到專門保護自己的卡片等等，卡片陣容裡全部有八種。後者在保護自己時會派上用場，但考慮到這是為了防備敗北的東西，評價就會很分歧。難以應付的是，應該是唯一一張持有的話會含有壞處的「試煉卡」。如果可以巧妙利用，它的潛能比任何報酬都還要高，但要擠進前百分之三十不簡單。

「每個學生都會從這八種裡隨機獲得一張。發下的時機是明天早上，得到的卡片直到特別考試開始為止，可以在限於相同年級之間轉讓或交易。任何人都可以在ＯＡＡ上瀏覽誰擁有什麼卡片。可以賣給想要收購的學生，也可以收購並一人擁有多張。不過因為相同效果不會倍增，所以擁有兩張相同卡片毫無意義。」

卡片的概要與規則

基本卡、特殊卡可以在同年級內交易。

不可在班上交易，一旦變更持有者，就不能再次交易。

使用多張相同卡片，效果也不會倍增。

也就是一名學生最多能同時擁有並行使七種卡片嗎？

但因為存在正面與負面作用，所以無法讓所有效果都發揮出來。只會是無論如何發展，都可以獲得有效的解決手段。

「另外，三種特殊卡，每個學年只存在一張，而且是隨機分配。所以一個班級偶然持有三張特殊卡，就機率來講應該也是會發生。以上。」

無人島的考試說明，加上報酬與懲罰的說明。

以及稱做「卡片」的道具分配說明。

這下子，我們聽完了無人島野外求生的冗長概要。

「應該也有人無法靠這次的說明就理解一切，但中午以前會自動發布特別考試用的手冊到平板上，所以可以在那裡確認。」

茶柱做完所有說明。告了一段落時，鐘聲剛好響起，第一堂課結束。

「你們慢慢思考要擬定什麼小組戰略。還有時間。」

茶柱留下建議就離開了教室。後來學生們同時聚集起來。

高圓寺坐在我的左側，與我之間夾著一張空位，他在這種情況下離開座位打算出去走廊。雖然看起來是我們熟悉的單純任意行動，但這次的腳步比平常更快。

我對高圓寺這種行動感到一陣突兀，決定跟著他。

為了不被察覺，我盡可能地消除腳步聲之類的動靜。話雖如此，這裡不像無人島那樣有無限的遮蔽物，所以沒什麼是我能做的。

不過普通人平常生活都不會意識自己被人跟蹤。就算外行人尾隨外行人，也不會因為一點半吊子的事就被轉移注意吧。

過了不久，轉角的另一頭就傳來茶柱與高圓寺的聲音。

我決定在轉角屏住氣息，傾聽兩人的對話。

「所以，你有什麼事，高圓寺？」

「我覺得實在沒有從Teacher這邊聽見關鍵的說明呢。」

茶柱應該是面向高圓寺，等待高圓寺的疑問。

「關鍵的說明？」

「如果單獨迎接特別考試的人當天身體不適，結果會怎麼樣呢？」

「還以為你要說什麼，真是件無聊的事呢。」

雖然看不見身姿與容貌，但我知道茶柱似乎愉快地笑了出來。

「你去年因病退出呢。很遺憾，今年行不通，會被處以懲罰，完全不會有特殊措施。換句話說就是要支付六百萬的點數。憑你手頭上的點數，你是束手無策的。」

「呵呵，妳說得確實沒錯。我是及時行樂主義，所以很傷腦筋呢。」

這次的無人島考試，高圓寺似乎老樣子地正在策劃退場。

學校沒有準備退路給獨自挑戰無人島野外求生的學生。

「這樣你要怎麼辦？你要貫徹自由並退學嗎？」

「好啦，我該怎麼做呢——妳可以走嘍，Teacher。」

高圓寺好像對茶柱的回答感到滿足，於是這麼請茶柱離開。我開始聽見腳步聲。聲音很快就遠去，接著就聽不見聲響了。

高圓寺也會立刻開始動作吧。這樣的話，長時間待著似乎也沒用。

我決定不出聲地離開此處。

然而——

「對了，躲起來觀察我樣子的人，你是誰啊？」

高圓寺發現我藏身觀察的動靜，根據出聲的方式，我知道他回過了頭。

「雖然要不要出來都是你的自由。」

這應該不是一時興起所說的話。他的感受力簡直跟動物差不多耶……

我可以不讓他看見模樣就回教室，但最後還是決定在這裡乖乖現身。

「是綾小路boy啊？你找我有什麼事嗎？」

他一點也不吃驚，而是淡然地接受我的存在。

與其說是預測到，不如說不管是誰都無所謂的態度。

「堀北叫我看著你。她說看不出來你會怎麼行動呢。」

「嗯……」

高圓寺用打量的眼光看我，接著慢慢往我這邊邁步。

「你好像很擅長偽裝某些事呢。不過，我從綾小路boy身上完全看不出真偽。我才不會相信你這種人的話。」

「你也不像是會相信他人的那種人呢。」

「呵呵呵，你說得確實沒錯。我除了自己之外，誰也不相信。與其這麼說，說一點興趣都沒有才正確。」

來到我旁邊的高圓寺一度停下腳步。

「即使對象是你也一樣喔，綾小路boy。」

就算我在數學上考滿分，高圓寺的表情也毫無變化地離開了教室。

他也完全沒有事後跟他人詢問詳情的舉止。

我在高圓寺說的話裡看不見任何謊言。

「若是這次的特別考試，你打算怎麼周旋？」

「我想想……事情都是要商量的。你能讓我加入你的小組嗎？」

我還在想他會怎麼回答，原來是這麼回事啊。

只要能和任何一人組隊，高圓寺就可以悠哉地在開場時退出。

「抱歉，我拒絕。我並沒有從容到可以把確定開場就會脫隊的人接進來。」

「呵呵呵，是嗎，這就沒辦法了呢。」

「但你這種想法沒問題嗎？就算你在哪裡找到願意讓你加入的小組，到頭來也是把退學的命運交給別人。」

「如果我什麼也不做就中途退出，的確會變成那樣呢。」

高圓寺再次邁出停下的腳步，從我身邊經過。

「正式考試前，我會好好想一想該怎麼熬過考試。」

高圓寺留下這句話就先回去教室了。

2

「連續兩年在無人島特別考試。雖然我不是沒有想過……」

「感覺就是該來的還是會來，對吧？」

回到教室後，我發現已經開始舉行配合特別考試開場，也能說是慣例的討論。

大家似乎是跟集合在堀北前排座位附近的洋介一起，從整理狀況開始。

高圓寺也回到自己的座位，拿愛用的手拿鏡照著自己，看得入迷。

「這次特別重要的部分，就是儘管設有一定的條件，但同年級的話，要跟誰組隊都可以。」

這無疑是目前的特別考試都不曾有過的新規則。

出現這種規則根本就超越了想像範圍。

「可是贏的時候班級點數會分攤吧？老師說了一堆亂七八糟的規則，所以我是理解理由啦，不過跟別班組隊也沒有好處吧？」

沒錯。須藤會吐嘈這點是非常理所當然的。這次的特別考試是年級別的戰鬥，也是同年的班級別戰鬥。只靠自己班上構成的小組拿下第一名，才是唯一有效率結束考試的辦法。

話說回來，校方也真是準備了有意思的規則。

以多人小組從年級裡精選組成，會比較容易瞄準前段的得獎，而且還能分散風險，不過這樣好處就會很少，是低風險、低回報。另一方面，如果集中班上的人組成就會是高風險、高回報了嗎？

最理想的，就是在同班成立兩個三人組，之後再會合。

不過，校方有事先通知特別考試開始後，要編成組別會很不容易。

說到底，如果連可以自由組隊的保證都沒有，失敗時的損傷就會很慘重。但就算這樣，這場特別考試潛藏著驚人破壞力也是事實。假如一個班級獨占前三名，能獲得的班級點數就會高達六百點。要是二年D班達成這件事，這就會是一口氣升到B班的夢想特急車票。

「但這樣也會填埔只靠我們自己班也無法彌補的人才吧？而且只以我們班的人成立小組……假如別班合作呢？最壞的情況，或許是只有D班被甩在後面。」

雖然只有D班勝利當然才理想，但這也就只是理想。

哪個班級選擇單獨戰鬥，就會產生三個班級合作的風險。輸掉的話，根本就不會有什麼高回報了。

「只是沒有贏的話就另當別論，在起始階段脫隊也會背上退學的風險。總之，只要沒有相當程度的自信……不對，只要沒有可以獲勝的根據，參雜別班同學組成六人組就是必要條件呢。」

這次的特別考試擁有別班是夥伴也是敵人的兩個面向。看來會變成一場前所未有的考試。

這麼一想，一開始就參雜別班的學生，先統合一個目標再組隊，也會是很重要的戰略。不過，不保證就可以輕易地與別班步調一致。結果，即使知道只和自己班上的組隊看不見優勢，可是既然會有大筆的班級點數變動，通常還是會希望盡量搶先在別班前面。若是後段班級，就更是如此了。

因此，要在開始成立組別的大前提下往哪個方向走，就會變成一個起始點。

「坂柳同學、龍園同學、一之瀨同學他們會怎麼出招呢？」

為了決定這件事，堀北以洋介為基點向全班開啟話題。

「A班處在遙遙領先的狀態，混合班級應該相對不會困擾。不管哪一組獲勝，只要班級點數沒有被縮短差距就沒問題。反過來說，包含我們在內的後面三個班級就會設法縮短差距呢。」

「那就三個班級組成同盟，怎麼樣？如果我們跟A班就是有段距離的話，那先從B班到D班合作並縮短差距也不賴吧？」

聽著這些話的須藤給出了不錯的點子。

這是藉由製造共通敵人互相合作，並包圍A班的想法。

「意思就是說，敵人的敵人就是夥伴呢。讓A班孤立的這個目標還不錯。如果是一之瀨同學，她應該也很有可能願意加入這個提議。」

「可是由我們提議讓A班孤立的話，也必須考慮會被他們記恨呢。考慮到坂柳同學的性格，我覺得即使面對最後一名的D班，她也會毫不留情地分出資源來打擊對方。」

通常是會專注在追趕過來的第二名——B班。

可是就像洋介說的那樣，坂柳有種會死盯著決定好的獵物的傾向。

「我們應該有必要盡量低調地接近前段班呢。」

「就算要三班一起戰鬥，提議者也最好不要是我們，對吧。」

這個想法是要設立其他代言人，並讓對方承受坂柳率領的A班的仇恨。

嘴上說說是不辛苦，但要執行就會很費勁。

這場特別考試的棘手之處，就是只在班上討論不會解決所有問題。

不管在這裡進行多熱烈的爭論也不會有任何進展。如果無法實際掌握B班和C班在想什麼，並且統一想法執行，便只會淪為紙上談兵。

話雖如此，就算想單純展開三個班級協商，也並不容易吧。

先不說一之瀨，很難想像龍園會乖乖回應。

而且如果坂柳察覺，當然也會前來出招。

「似乎會被迫做出困難的判斷呢……」

成立小組的緩衝時間有充裕的一個月以上，可是慢慢來的話，組成小組的動作應該也會漸漸活躍。那樣我們就無法擺出一副沉穩的態度了。

「要是哪個班級有類似的提議，那就幫大忙了呢……」

D班學生們非常煩惱。

「光是要怎樣成立小組，都讓人相當傷腦筋。」

除了重要的成立小組，也還有該做的事。

而那就是擁有各種效果的卡片的存在。那是明早所有學生都會被發下的一張特別道具。不可

以在同班同學之間轉讓，而且轉讓過的道具會綁定，所以無法重回自己手裡。換句話說，只有與別班學生進行純粹的交易，或經由買賣獲得的這些辦法。

「大家很可能會從明天開始實際行動呢。」

「是啊，畢竟把有效的卡片集中在小組裡也會是個要點。」

在成立下次特別考試的小組解除限制的這一天。

包括D班在內，狀況理所當然會開始大幅變化。

3

放學後，學力和身體能力上被分類在資優生的學生們的電話同時開始響起。堀北見狀便往我靠過來。

「好像馬上就開始行動了呢。想把優秀學生拉攏到自己身邊是很自然的。」

不論自己隸屬的班級方針為何，先開始預訂，任何人都不會吃虧。

「妳那邊沒有接到電話嗎？」

「沒有呢。」

「這樣啊。畢竟知道妳聯絡方式的人極為有限。」

「如果你是明明知道，還特地說些刺激別人的話，那你的個性還真糟糕。所以，你那邊有人聯絡嗎，數學滿分的綾小路同學？你的手機還滿安靜的呢。」

我被她反過來刺激，姑且看看沒有響起的手機。

「很遺憾，我沒電了。因為我這兩三天都沒充電。」

「如果不頻繁使用手機，充電的頻率的確也會變少呢。」

不對，才沒這回事——我很想這麼否定，但這並沒有錯。如果持續過著不太使用的日子，就會不小心疏於充電。

「不用先提醒同學各種事嗎？要是他們貿然組隊的話，之後會很辛苦喔。」

「什麼說明？我早就給指示了呢。我有淺顯易懂地整理成文字，並傳給所有人。雖然你手機沒電，好像沒注意到。」

她這樣說完，就將自己的手機畫面對著我。

・在D班談妥前，都不要讓小組確定下來。

・若無論如何都要盡快決定小組，就聯絡堀北。

堀北有料到會變成這樣，好像設下了最低限度的規則。

「雖然這沒有強制力呢。最後只能交給個人的裁量。」

要不要跟誰組隊，的確是個人決定的事。關於個人的契合度之類的，旁人也不能插嘴，再說這也攸關退學。就算四個班級團結一致地合作，也不存在每個人都不會退學的理想組合。

這種意義下，也只能做到給建議的程度吧。

我都會帶著行動電源，於是就一邊將電源線插上，一邊離開座位。

因為教室裡感覺有學生會偷聽我這邊說話。

「一之瀨有聯絡妳嗎？她就算提出要整個年級合作的提議也不奇怪。」

「目前沒有收到任何人聯絡呢。A班和B班也沒來提議。假如有打算二年級全體團結一致的想法，應該視為這階段就會策劃某些討論。」

如果隨心所欲地成立小組，合作也會逐漸變得困難。沒有一開始就討論，不外乎就是在主張事實上二年級之間也要競爭。如果堀北打算班級間合作，也應該採取行動了。

堀北跟了過來，沒有特別對我離開座位表示不滿。

看來話題還有後續。

她走到走廊，確認周圍沒有任何人在，然後來向我搭話。

「這次的無人島考試……可以請你單獨拿下第一名嗎？」

「別強人所難。現在是只知道會是無人島特別考試的狀況耶。」

「我覺得你在數學上考滿分，應該不需要加入小組。」

這是什麼歪理啊。根本是在強求沒有的東西，總之隨便講講吧。

「只要拿到第一名，我們D班就確定會加分。就算第二名和第三名之座被一年級或三年級拿走也沒關係——比起被其他二年級拿走。」

說來容易做時難呢。

「這樣的話，小組也能以避免退學的編制為中心組成，這樣子就輕鬆了呢……」

如果把方向換到成立為了取勝的強力小組，就勢必會形成弱小的小組。

「不是所有人都付得起救助的個人點數。」

「嗯。我是很希望盡量把個人點數集中在不放心的學生身上，但如果借出點數的學生受到退學懲罰，就太慘不忍睹了呢。」

拯救別人，結果自己卻跌落是最空虛的。

「不想要這樣的話，就只能拜託手上有多出點數的學生了。」

這樣就會很確實，但那種情形之下能掩護的學生非常有限。

「沒人退學的方法有是有，但應該任何人都不想做吧。」

「你是指故意在開場就讓人退出的方案嗎？」

看來堀北也已經發現了這場比賽的小小漏洞。規則上能退學的只有一開始退出的五組。既然這樣，如果準備五組當作犧牲品的小組，故意讓他們退出，之後的學生們就沒有退學的擔憂。但為了這樣，也必須準備合計高達三千萬點的個人點數。最重要的是掉到後面的年級，會被前三組的學年吸走班級點數。即使是同個年級，報酬也會減少，所以這無可避免會是件苦差事。可以想像前三組和後三組會被聯繫在一起，是校方為了防止學生輕易做出不當行為。

「只能想辦法靠自己的力量存活下來了呢。」

「真的就是這樣了呢。我之後可以再找你商量嗎？」

堀北停下腳步這麼說。

「如果是我做得到的範圍。」

「這樣就夠了呢，謝謝你。」

看來堀北要回到教室展開某些討論。

我目送堀北的背影，前往出入口的鞋櫃區。

4

我走在走廊上，前往校舍出入口的途中。

「嗨！」

我看著手機開機的漆黑畫面，向我搭話的是二年B班的學生——石崎大地。他滿臉笑容，是有什麼好事發生了嗎？

「我聯絡你，你手機也沒反應，所以就直接過來了。」

「抱歉，因為剛好沒電。」

「哎呀，沒關係。跟你借點時間，可以吧？」

「我要被恐嚇了嗎？」

「什麼啊，這玩笑還真有意思耶。學校裡還有什麼人能恐嚇你啊？」

石崎用玩笑回應我的玩笑。

「難道你有事情？」

「沒有，我接下來正要回去。」

「是吧？既然這樣就沒問題了，來吧。」

他不容分說地露出笑容，大聲說話並對我招手，接著不斷地往前走。

如果就這樣目送他，轉眼就會把他看丟了吧。

要是他不謹慎地打算在這裡談，而且又吵吵鬧鬧的，也只會引人注目呢。

畢竟現在還有時間，我決定追上石崎。

可是我一轉彎，眼前就突然出現了不可能存在的一道高牆。

不對，不是這樣。他是跟石崎同班的山田阿爾伯特。

這男人戴著太陽眼鏡，充滿壓迫感，並將右手搭在我的肩膀上。

「Ｈｅｙ。」

「……Ｈｅｙ。」

我搞不太清楚狀況，姑且回以相同的話。不過到底發生了什麼事呢？

我剛才以為是玩笑話的恐嚇，現在開始稍微帶有了現實感。

「你好，綾小路同學。」

身形龐大的阿爾伯特給人感覺像道牆，他的身旁出現日和的身影。

「真是有點罕見的組合呢。」

「可能吧。」

我還以為龍園一定會現身，但好像沒有。

「在這裡也有點奇怪，移動吧。」

「移動？要去哪裡？」

「嗯——我想想……我沒有特別想過耶。」

石崎有點難為情地嘿嘿笑，用左手食指蹭蹭了鼻子下方。

「我有種不好的預感。我還是回去好了，可以嗎？」

我開始隱約覺得實在不會是正經的發展，於是要求撤退的許可。

「什麼啊，你不是很閒嗎？我可是不會讓你回去的喔。」

「說不會讓我回去……什麼？」

繞到我身後的阿爾伯特毫不保留龐大身軀的力量，他將雙手穿越我的腋下固定我的手臂。日和甚至主動摟著我的手臂，兩人一起抓住了我。

「對不起，綾小路同學。因為我不能讓你逃走。」

「啥……？」

恐嚇說終於變得有力。

……是說，好像也不需要開這種玩笑了嗎？

總之，這三人似乎打算把我帶離這個地方。

「在這邊也很顯眼，移動吧，石崎同學。」

「是啊。所以要去哪裡？」

「我想想喔……那麼去石崎同學你的房間怎麼樣？」

日和若無其事地提議。

「咦？我、我的房間？哎、哎呀，這有點……！不行啦，不行！」

移動目的地被指定成自己的房間，石崎急忙拒絕。

「為什麼呢？有什麼不方便的嗎？」

「那、那是，那個，很多吧？就算妳突然對我說……」

「如果只是房間有點凌亂，我不會在意喲。你不這麼覺得嗎？」

被尋求同意的阿爾伯特也緩緩地上下移動那張巨大的臉。

……我應該可以當作他懂日文吧？

他也有在考試和上課，所以應該沒錯，但我還真想聽他說一次日文。

「沒、沒錯。不是只有一點，是超級亂啦！已經是無處可踩的程度！哎呀——真遺憾！」

「別擔心。需要的話，我會幫忙打掃喲。」

「不不不！畢竟像是衛生紙跟那個東西，怎麼能讓女生打掃！」

他不由得說出了散亂在地的東西是什麼。

「衛生紙……是嗎？所謂的『那個』是什麼呢？」

「這又怎麼了嗎？」日和一臉感到不可思議地歪頭。

「反正我房間就是不太方便！對、對了，我們就選阿爾伯特的房間吧！」

石崎一臉覺得大事不妙，急忙岔開話題。

「對了，選阿爾伯特的房間不就好了嗎！對吧？對吧！」

石崎像在逃避什麼似的這樣提議。

「ＯＫ。」

他果然懂日文吧，阿爾伯特簡短地答應。

阿爾伯特抱著我開始移動。

「可是……我要就這個樣子被帶走嗎？」

「沒問題，因為山田同學是大力士。」

不對，問題不在這裡。

倒不如說這會變得莫名顯眼……

「沒關係。某種意義上，這也會變成對外彰顯般的行為。」

日和這樣說完，就一如往常地溫柔微笑，然後領路般地邁步而出。

「噢，有道理，真不愧是椎名耶！好主意好主意！」

帶著我究竟打算做什麼？

我懷著這種疑問，同時被帶往宿舍方向。

5

我初次拜訪阿爾伯特的房間。

他的塊頭比我們大很多，但房間的格局和結構當然都一樣。

儘管只是房間的布置不一樣而已，這裡還是有點獨特。

有大面的美國國旗與日本國旗裝飾在房間中央。還不只是這樣。雖然尺寸本身很小，但附近一帶都裝飾著像是中國、義大利、非洲之類無數的各國國旗。從不單是紙張印刷出來，而是好好地使用布料來看，讓人感覺到一股熱情。

「阿爾伯特這傢伙對國旗很狂熱呢。驚訝吧？」

石崎應該來過他房間好幾次了吧，他沉著地說明。

「看來就是這樣呢。」

阿爾伯特催促被釋放的我隨意坐下。

我確認四人都就座後，決定詢問目的。

「所以……你們三個有什麼事？」

他們三個人互看。

不知為何都露出看似開心與快樂的表情。

然後石崎作為代表向我說：

「我就直說了，雖然這是我的提議啦……我們在下次的特別考試上組隊吧！」

雖然這在我的預料之內，但內容果然有關特別考試啊。

「組隊……意思是？具體說給我聽吧。」

「什麼具體，就是這樣了吧？」

「不對，根本沒有就是這樣。我完全看不出具體上要跟誰組隊。」

光是在場人數就有四個人。這樣會多出一人。倒不如說，身為女生的日和比例上也無法參加，所以必然會是我、石崎、阿爾伯特組隊。如果他連是不是抱著這種打算都不告訴我，我也不會明白。

「現在跟誰組隊都沒關係吧？我、阿爾伯特，或椎名。總之，就是要你跟我們B班裡的某人組隊。」

這真的是很豪爽且大膽的商量。

某種意義上，可以說就是因為他是石崎，所以才有辦法提議出這些內容。

「總之，你是要我去加入B班的兩人？」

「對。然後考試開始後，再跟剩下的三名B班組成六人組，這樣就完美了呢。五個B班還有你——我們就靠這六個人以第一名為目標吧。」

我對這麼棒的提議都快感動落淚了，但似乎非常有必要冷靜往下談。

「日和……妳有好好以淺顯易懂的方式，跟石崎解釋過特別考試的規則嗎？」

「沒有耶。」

她很乾脆地回以「沒有解釋」。

「因為要是多嘴的話，感覺每隔五秒就會出現必須修正的地方。我覺得既然這樣，讓他順著氣勢或許也不錯。」

才沒有或許也不錯。

確實五秒就會冒出他不懂的部分是沒錯……

「雖然我有好幾個想提問的事，但我打算先縮小成兩點……不，我想先暫且縮小成三點。首先，特別考試開始之後，不保證能輕易和中意的小組組隊喔。」

事實上班導也通知過這不簡單。

「我們組隊吧」、「就這麼辦」——假如到時可以像這樣爽快地答應組隊，硬是在現階段組

成多達三人的小組就沒意義。倒不如說還會變成壞處。

就是因為在正式考試中很難組隊，所以現在才讓我們自由選擇。

「是這樣嗎？」

完全一頭霧水的石崎一臉感到不可思議地偏頭，向日和尋求解答。

「如果把說明往下整理，就是這樣了呢。視情況而定，我想也非常有可能得跟沒考慮過要組隊的小組合作。」

「這是怎樣？我完全搞不懂。」

「考試中小組們要組隊會出現某些必要條件——也是會有這種情形。」

「所謂的某些是指什麼啊？」

知道這點的話就不會辛苦了。

「細節不明。根據校方的說明，這無疑不會很簡單。」

「可是啊……就算說有條件，還是要以組隊為前提做準備吧？」

「嗯，你這麼說是也沒錯啦。」

「既然這樣不就好了嗎？為了考試先按照我的提案準備就好。」

能把事情想得這麼單純是讓人有點尊敬的地方。

日和也覺得很有意思地聽著石崎的提議。

「擔心不太了解的事也沒用吧？」

我可以先當作這也是石崎大地擁有的魅力嗎？

「那麼，我想想……第二個。」

關於剛才那點，他看樣子好像不會理解，於是就前往下一項。

「除了我之外，你還邀請了誰？或是預定要去邀請？」

「我沒邀請任何人，也不打算去邀請。對吧？」

兩人同意石崎似的點頭。

「換句話說，意思是就只有我。理由是什麼？」

「這還用說嗎？因為我覺得你就跟龍園同學一樣厲害……不對，硬要說的話，我覺得你現在是比龍園同學還要厲害的男人。打架強得不得了，腦筋轉得快又有龍園同學的擔保。加上你在春天的考試上數學滿分，還真是做出不得了的事耶。掌控綾小路，就會掌控特別考試。這樣怎麼能不邀請呢？」

「你被大力讚賞了呢，綾小路同學。不過，我的看法也一樣。」

該說是毫不猶豫嗎，阿爾伯特也迅速點頭。

我說要問三個問題，但總覺得有點想加第四個問題問阿爾伯特懂多少日文、能不能對話。雖然沒有看過上課的情景，但我想他應該是用日文在學習吧……

我是沒打算否認他們很欣賞我啦……

「那麼第三個……這件事我有好處嗎？被全是B班的人包圍，就代表著假設擠進了前段名次，得到好處的只有你們。」

即使班級點數是平等的，能得到的個人點數也會產生巨大的差距。

「什麼嘛，正因為對象是你，我怎麼可能讓你吃虧啊？我們升上A班的話就會給你兩千萬點，然後把你接來班上。好嗎？」

自信滿滿回答的石崎進一步地說：

「換句話說，是你自己的班級升上A班也好，是我們班升上A班也好。意思就是你會有百分之五十的機率可以順利在A班畢業。」

「怎麼樣？」他掛著自己最滿意的笑容這麼跟我提議。

如果四個班級都均等地有升上A班的可能性，機率的確就是四分之一——百分之五十，但實際上並非如此。各自有戰力上的差距，所以很難推導出正確的數值。

當然，就算只是增加一個可以移動的班級，也毫無疑問比較有利。

「日和跟阿爾伯特也是意見相同嗎？」

「是的，我非常歡迎。」

「YES。」

兩人理解石崎的提議很脫離常識，但還是開心地參與，大概就是這樣了吧。我暫且在一定程度上接受這個胡鬧的提議，但還是必須提到重要的部分。我在第三個問題後繼續問：

「決定邀請我的是龍園嗎？或者這是石崎你自己的判斷？」

至今都一派輕鬆回答的石崎，現在才繃起了表情。

「這是我自己的判斷。龍園同學什麼都不知道。」

看來這是石崎以自己的判斷思考並決定的事。

我就覺得是這樣，不過他還真是做出了很亂來的事呢。

不過，伊吹給人總是和石崎一起行動的印象，這樣就能理解她怎麼會不在場了。

意思就是說贊成石崎的人是阿爾伯特和日和嗎？

「你有想過事跡敗露給龍園知道，事情會變怎麼樣嗎？」

「我沒想過！倒不如說是無法想像！這……也在我的覺悟之中了！」

雖然石崎有點害怕，不過他還是拚命彰顯強勢。

「再說，規則上是跟別班組隊也沒問題吧？我是判斷需要綾小路才邀請，這應該沒什麼奇怪的地方吧。」

的確。只要不是只能跟自己班上成立小組的方針，龍園本來就沒資格對石崎表示不滿。

「這次特別考試的關鍵，就是不要讓二年級生保有的班級點數被奪走。當然，也有必要以綜

合排名前幾名為目標呢。因此綾小路同學是不可或缺的。」

「就是這樣。」

「總之，雖然還有很多在意的地方……但我了解你們想說的了。」

「那你願意組隊嗎？」

「對於你願意邀請我，我是覺得不糟，但現階段無法說ＹＥＳ耶。」

「為、為什麼啊？」

「因為綾小路同學有綾小路同學班上的狀況，對吧？」

雖然日和推薦石崎的計畫，但她根本不用確認，也很清楚我拒絕的理由。

「而且，我覺得你對綾小路同學提出的條件很差。」

「很差……意思兩千萬點是不夠嗎？」

「並非如此。只論點數的話，我認為當然很破格。不過，這實質上只是把可以移動到我們班的權利讓給他，對吧？」

「這、這當然不能給他兩千萬，並讓他移動到坂柳的班級吧？」

如果可以自由使用從石崎他們那裡得到的點數，我當然會去最後確實是A班的地方。石崎他們就無法在中途把我接去補強戰力。

「再說，你跟綾小路同學說他和B班的任何人組隊應該都沒關係，這也是個問題。無人島野外求生不是個人戰。如果真的要以前幾名為目標，和強力的成員組隊才會提高勝率。」

目前為止大致上都只有在傾聽的日和，嚴厲地接連指出這些。

每次被指出，石崎就冒汗地慌張起來。

「這、這樣的話，跟誰會比較好啊！」

「假如現在是我在組隊上做選擇……我想想喲。我應該會選擇龍園同學、金田同學，還有綾小路同學這三個人吧。金田同學或是山田同學都可以，不過龍園依然會是不可或缺的人物。」

他擁有在年級裡也算是屈指可數的統率能力，以及能使出不惜犯規的策略的膽量。龍園即使在去年的無人島，也擁有獨留在島上，不被任何人發現並且一直潛藏的體力與精神力，絕對無法排除在外。另一人就是在班上擁有頂尖學力的金田，或是以力氣為傲的阿爾伯特。

如果要把勝率提昇到最大限度，的確就必須從這三人中選擇兩人。

「別強人所難！你覺得龍園同學願意贊同我這種作戰嗎！」

「我覺得他不會欣然答應。」

「對吧！」

「而且金田同學也不會無視龍園同學，並協助不謹慎的戰略吧。」

「不然要怎麼辦嘛。」

「不能怎麼辦吧？至少目前是這樣呢。」

「唔咕……這就傷腦筋了啦……」

石崎雙手抱胸，拚命絞盡腦汁，但他當然沒想到劃時代的點子。

「今天已經順利安排了可以傳達你還有我們想法的場合——我們應該先對此滿足。」

看來日和跟到這地方的目的，似乎就在這裡。

就是因為原本就輕易明白我不會而且也不能組隊，所以她才會判斷先表達想組隊的意思最重要。

阿爾伯特似乎也知道這樣很亂來，而溫柔地拍拍石崎的肩膀。

「……知道了啦。總之，這樣也沒辦法了呢……」

雖然很不情願，不過石崎聽見兩人的話，表面上還是表現出接受的態度。

「我不知道能不能回應你的期待，不過我會審慎考慮。」

我判斷自己也在這地方這樣回答才會是最好的。

話雖如此，目前我不打算跟任何人組隊。

這跟月城以及應該潛藏在一年級裡的White Room學生有關。

第一學期也已接近尾聲。

不可能就這樣拖拖拉拉地讓我過著校園生活。

下次的特別考試，恐怕就會是我和月城最後的戰場。

總之，他可能會發動不顧形象的攻擊。

如果組隊的話，別人也可能會被捲入這種狀況。

萬一發生什麼的時候，讓事情停在只有我退學，會像是最低限度的禮儀。

我在自己心裡再次確認了此事。

6

隔天早上。

我換好上學的衣服後，打開手機。

個人郵件裡收到了學校發出的通知。

然後，那裡記載了我得到寫著「試煉」的道具。

「想不到會抽到特殊卡……」

我才覺得因為數學滿分而顯得招搖的事終於開始沉寂，結果又來了這個。雖說是把雙面刃，但具強力效果的試煉卡，我似乎可能因為持有而再次受到注目。雖然和需要這張卡的學生交易比較安全且理想，可是正因為試煉卡擁有不夠徹底的強大效果，所以我也無法下定決心隨意地跟別班交易。如果交付對象的小組拿下第一名，我應該也會是責任所在。

儘管這也有可能是月城為了讓我退學而摻進來的，不過考慮到這是可轉讓的卡片，作為把我逼入絕境的戰略也太弱了。解釋成是單純抽中會比較自然。關於剩餘兩張特殊卡的去向，「增員」好像在C班的朝倉麻子手上，而「無效」則是A班的矢野小春。能分散得很剛好應該算是萬幸。

我思索之後該如何行動，並且比平時還要早一點離開了宿舍。

這時就在電梯裡遇到了篠原。

「早。」

「早安。」

雖然我們是同學，可是沒有特別親近，所以就沒有更多對話。只有互相簡單打招呼就下樓來到了大廳。

這種時光也非常短暫。抵達一樓之後，我就按著開門鈕，先讓篠原離開電梯。

相較之下都比較才晚去上學的池，此時在大廳裡不沉著地看著我們這邊。

我還以為他是在等須藤之類的，但似乎並非如此。

他和經過身旁的篠原簡單打招呼就目送了她，接著馬上跟了過去。

我若無其事地慢下腳步，決定維持在不會打擾到他們的距離。

「欸，篠原。」

「幹嘛？」

來到外面之後，池和篠原的對話就乘著風輕聲傳來。

「那個，就是那個，關於這次無人島考試上的小組啊……打算跟誰組隊之類的，妳已經跟人談過了嗎？」

「是還沒有……怎麼了嗎？」

「沒什麼啦。我只是無聊問問。」

「這樣喔……那你呢？反正你就是跟須藤同學或本堂同學吧？」

「不好嗎？跟他們的話，應該也可以考得很開心吧。」

「說得也是呢～」

篠原有點瞧不起似的笑著，但池完全不放在心上。

他好像想說什麼。為了擠出那些話，顯得很拚命。

「可是，男人啊，該說是放著不管也總有辦法嗎……健也很有力氣，我覺得在男性勞力的意義上已經非常足夠了。」

「是喔——」

篠原表現出有點冷淡的反應，但肯定不是討厭與池之間的對話。

「該怎麼說呢？該說是我應該去幫需要我的地方嗎……所以啊，要是妳會傷腦筋的話，那我……那個，我也可以跟妳組隊喔。」

「這算什麼啊？聽起來有夠高高在上。」

「妳去年也看過吧？因為我有參加童軍，很擅長那類考試喔。」

他向篠原強調自己的武器可以最大限度地活用。

總之，他好像只是想找理由跟篠原組隊。

「算了，我是可以考慮啦……所以你想跟我同組嗎？」

「笨！不、不要有奇怪的誤會喔，妳看，妳不就是很危險，而且又有可能被退學的人嗎？所以我是說，溫柔體貼的我就犧牲一下保護妳啦。」

池無法坦率，脫口說出了可能會被討厭的話語。

「啥？什麼叫做犧牲？我又沒拜託妳！」

篠原被這樣講，當然不可能欣然拜託他加入自己的小組。

氣氛開始變得險惡。

「啊，早安，池同學。可以打擾一下嗎——？」

氣氛正沉重時，櫛田從後方跑來向池搭了話。

這瞬間，池就把視線從篠原身上移開，並興奮地揮手。

「什麼什麼？我現在超有空的！」

池這樣說完，就晾著篠原，往櫛田那邊跑過去。

篠原眼神有點冰冷地目送了他。

「其實是Ｃ班的小橋同學說想要邀請你加入小組。她好像已經在學校了，你能不能陪她商量呢？」

「真的假的！走吧走吧！現在就過去！」

池知道被女孩子拜託，就表現出很激昂的興奮感。

「啊，但你剛才似乎在跟篠原同學說話……沒關係嗎？」

櫛田向篠原做確認。

「完全沒關係。我被他搭話正覺得困擾。把他帶走吧。」

「我才覺得困擾咧。」

他們你一言我一語的。主要是池的錯，他卻蹦蹦跳跳地跟櫛田一起邁步而出。

篠原站在原地，有點寂寞地目送這種情景。

我馬上決定趕上篠原，然後超越她。

該怎麼說呢？畢竟池是個很容易得意忘形的人。

他好像因為女孩子的邀約而忘乎所以，但總覺得他因此錯失了重要的事。

「皐月。」

背後突然傳來一名學生直呼篠原名字的聲音，我不禁稍微回過頭。

「啊，小宮同學……早啊。」

我才在想是誰，結果對方是二年B班的小宮叶吾。

「怎麼了？妳在哭嗎？」

「咦？為、為什麼這麼說？」

「哎呀，因為妳的眼睛紅紅的。」

「啊，露餡啦？剛才眼睛有髒東西跑進去……痛痛痛。」

篠原一邊這樣演戲，一邊掩飾自己的情緒地說。

「比起這個，我聽須藤同學說你可能快拿到正式球員資格了嗎？」

「是啊，終於呢。」

「畢竟你總是練習到很晚，怎麼可能會沒有回報呢？」

我與停下腳步聊天的篠原逐漸拉開距離，不久之後就聽不見聲音。

7

「你也是災難連連呢，居然抽到試煉卡。你應該會再次受到注目。」

我一到教室露臉，已經到校的堀北就對我這麼說。

「我早上才因為同一件事而苦惱。」

「要是可以在班上自由交易就好了呢。但沒自信獲勝的學生大概絕對不會收下試煉卡，而且又會有不能交給有自信取勝的學生的阻礙呢。」

這樣的堀北抽的到的是「減半」。雖然是張受罰時會派上用場的卡片，但從以前幾名為目標的學生來看，等於是沒有效果。

「既然都變成這樣了，你就要努力擠進前百分之三十以上。可以的話只能得獎了呢。」

「說得真事不關己。妳身為同學就不替我擔心嗎？」

「要是你無論如何都想依靠我，我當然會幫忙你。」

該說堀北的臉皮也漸漸厚起來了嗎？她變得比以前更難相處。

你想怎麼做？——被投以這種挑釁的眼神，我就不想仰賴她了。

「抱歉，要是我找到有人要收，那我或許就會轉讓喔。」

「要選擇怎麼做都是你的自由。要是能輕鬆地找到別人接收就好了呢。試煉卡不只是持有者，也會給持有的整組帶來影響。那樣會背上很高的風險。」

要替我仔細說明是無妨，但這聽起來只是單純的挖苦。

「我姑且先說了，我是帶著挖苦的含意跟你說話。」

「我想也是。」

「我平常經常被你欺負，這是報仇呢。」

「我可不記得自己欺負過妳。」

雖然考試卡片是棘手的存在，但這也會變成一張小小護身符。因為可想而知，毫不考慮就提出想跟我組隊的學生會減少。最壞的情況，也必須考慮要以持有這張卡的狀態獨自開始無人島考試。

「因為是你，一切都會順利——我可以當成是這樣吧？」

我也可以依賴身為班級領袖的堀北，但一定會出現其他必須輔助的學生呢。負擔最好盡量少一點。

「算了，我會在一定的程度上試試看。」

我告訴她會靠自己的力量熬過去，接著就坐到自己的座位上。當我在搜尋誰抽到什麼卡片時，遲了點來到教室的池大聲吶喊出來。

「啥？妳、妳……找到組隊對象了？」

「是啊，有什麼不好嗎？」

看來篠原在池不在的期間決定了小組。

那個對象恐怕就是——

「可是，我不是才剛剛大發慈悲地邀請妳嗎！是說，沒有堀北的許可就組隊是禁止的吧！」

「什麼禁止，我又還沒正式確定。不過，我還是打算今天做完確認呢。」

「什麼……」

「是說，什麼叫大發慈悲邀請我？沉溺女色無視我的又是哪位仁兄？」

「啊，又不是那樣！我明明就是為了妳而拒絕！」

「為了我而拒絕？啊——真火大。你果然是個最差勁的人。」

「小組……妳決定要跟誰組隊？」

「不關你的事吧？」

「是與我無關啦，但我姑且還是會好奇啊。」

「是B班的小宮同學。昨天特別考試開始後，我馬上就有受邀加入小組。」

果然是小宮啊。應該是他們一起上學的途中其中一方決定的。

「啥？小宮？小宮就是指那個籃球社的輕浮男嗎？真是太扯了——」

篠原應該願意跟自己組隊。

——池的心裡大概隱約抱持這種驕傲。

「他才不輕浮呢，而且我們放學後還要在咖啡廳裡商量。」

篠原說完，就別開臉不看池。從在教室裡側耳傾聽的學生來看，他們只會把這個事件理解成平時吵架的延長吧。

接著，到了放學後，篠原就按照宣言的那樣快步離開教室。

池靜靜地目送這樣的篠原，但還是掛著下定某些決心的眼神，隨即離開教室。

「可以打擾一下嗎？」

觀察這個情況的洋介，在池離開之後來找我說話。

這好像是不想被人聽見的內容，他希望在走廊說，我則照他說的做。

「是關於池同學的事。我覺得就這樣放著不管並不好。」

「是啊。雖說態度驕傲，但無人島考試上，池的知識和經驗明顯會派上用場。他也有可能因為篠原的這件事而無法發揮潛能。」

「嗯。看他那個樣子，我擔心要是他看見篠原同學和小宮同學在討論，不知道會怎麼樣。」

我很了解洋介擔憂的心情。

現在的時期跟B班起糾紛不是上策。

「我想過去看看狀況，可以的話能不能陪我呢？因為池同學不太喜歡我。」

雖然他這麼說，可是池也不太喜歡我。

話雖如此，洋介會覺得不放心也理所當然。

「篠原同學說要在咖啡廳跟小宮同學討論，對吧。」

「嗯，總之去看看情況嗎？」

「嗯。」

我決定跟洋介一起前往櫸樹購物中心的咖啡廳。

我們在移動時，路上稍微聊了關於這次的小組成立。

「就我來說，我是很想推薦全體二年級合作，並跟一年級和三年級戰鬥的計畫，但別班似乎沒有統整起來的跡象呢。每個班級全都為了組隊而開始動作。雖然要在只有二年級絕對不要有人退學的方向上統整並非不可能，但要伴隨的痛苦也絕對不少呢。」

這些他昨天也和堀北說過，但我們可以藉由故意敗退，不讓任何一人從學校退學。可是執行此事的學年無論如何都會背負嚴重的損傷。話雖如此，整個年級分攤痛楚的發展也很沒現實感。

正因如此，即使過了整整一天，也沒有出現來呼籲這種夢話的學生。

「也只能去組成不會留下遺憾的小組了。」

「是啊……」

「洋介你那邊應該有很可觀的人數在邀請吧？」

不可能不邀請在男女都深受歡迎，能力也無可挑剔的洋介。

「以我來說，我是希望從D班挑選兩個人。比起以得到前幾名的獎項為目標，我更想採用可以不受處罰的戰鬥方式呢。」

反正都要保護的話，就保護D班學生，而不是別班的學生。這是很理所當然的想法。如果是有實力或受歡迎的學生，就不會因為組隊對象而煩惱了，可是在班上也只有後段實力的學生們，要跟別處求助也會不如意。

「佐倉同學沒問題嗎？」

洋介擔心屬於我這一群，而且實力應該最不足的愛里。

「目前的走向是要跟明人和波瑠加成立小組。」

「三宅同學運動神經也很好，平衡好像還不錯呢。」

雖然是多出啟誠的狀態，但他在智力層面上受人欣賞，有收到好幾件別班的挖角。如果先挑選可以補足他留有不安的體育面的學生，應該就很穩了。

但在追趕池之際，卻浮現一個問題點。

那就是跟來我們身後的一個人。那個以前曾經為了不被我發現而做出最大限度顧慮的人物，這次卻似乎抱著被發現的覺悟跟著我。池直直前往櫸樹購物中心。我和洋介跟著他，而我們後面又跟著人，持續著雙重尾隨的這種狀態。雖然無視不是件難事，但如果今後她持續做出類似的行為，我也很傷腦筋。

接近櫸樹購物中心後，我就停下了腳步。

「抱歉，洋介，你能先過去嗎？」

「怎麼了？」

「我想起有點事必須解決，大概十分鐘左右就會追上你。」

「知道了。如果有什麼事情，我會用手機聯絡你。」

洋介完全沒問詳細狀況，就往櫸樹購物中心裡消失身影。

這時，跟在我們後面的學生好像認為時機正好而靠近了我。

她是我的同班同學——松下千秋。

「你不驚訝呢，你從一開始就發現我跟著了嗎？」

「我只是臉上沒表現出驚訝。」

自從春假以來，就沒有像這樣跟松下單獨交談。

不對，就算不設下單獨交談這種條件，我們自從那個時期之後也不曾說過話。

「你跟平田同學在聊什麼？是池同學的事？還是有關這次的無人島考試？」

松下與我並肩同行，抬頭觀察我的模樣。

「這跟妳有關係嗎？」

「與其說是跟我有關係，倒不如說是跟『我們』有關係呢。因為你是為了升上A班的重要人物。」

她好像還滿看得起我的，目的是什麼呢？

如果是松下腦袋的反應速度，她應該知道一些溫和的攏絡對我行不通。

但我不認為她這次的接近毫無意義。

「別那麼警戒嘛。我今天只是有事要先在起始階段告訴你，所以才接觸你。」

「有事要先告訴我？」

「試煉卡是擁有非常強力效果的道具吧？但處理起來應該很困難呢。假如你很傷腦筋的話，我希望可以輔助你。怎麼樣呢？」

我的想法或期望另當別論，她展現出因為是夥伴，所以隨時都會幫我的意思。對此我沒有開口回應，於是她就露出有點傷腦筋的表情。

「不直說的話，你是不是就會不願意回答呢？」

我不是在捉弄她，但我不太想在路上談論深入的話題。因為到了放學後，周圍就開始看得見各種學生的身影。松下也並非沒發現這點。她沒等我的回答就開始說：

「要讓懲罰無效，就必須留在前段，應該很難找到願意組隊的人吧？所以你要是傷腦筋的話，我希望你可以依賴我。」

「忘了說件重要的事。」她這麼接著說，就補充道：

「當然，考試中我打算一切按照你的指示。」

這似乎就是她特地追來想要傳達的事。

「妳說願意幫忙，老實說我很開心，但沒進前入百分之三十就會受罰。妳也知道那些風險吧？」

「我知道。所以我認為在幫助你的意義上合作才重要。」

我不認為松下沒有抱持善意，但最重要的本質應該在於別處。

我壓抑想趕緊前往洋介那邊的想法，同時望向走在我旁邊的松下。

「妳判斷跟我組隊的存活機率最高嗎？」

通常擁有試煉卡的小組退學機率只會提高。儘管如此，松下卻不顧危險提議幫忙。這無法解釋成純粹只有善意。

「……露餡啦？」

松下瞇眼一笑，馬上舉起白旗。

「我覺得如果是你的話，要留在前段小組不會很困難。我想就算到不了領獎台，也幾乎一定會擠進百分之三十。貿然以朋友為優先並加入半吊子的小組比較危險。」

這就是松下的真心話。意思就是說，她把我與自己可能組隊的學生們做衡量，然後選擇了我。

「我覺得你或許很快就會銷出去呢。」

所以她在早期就邀請我。也就是給予對方正面評價的這點很淺顯易懂。

這很令人感激，但我從一開始就不打算在這裡做結論。

不是松下不好，不論對象是誰都一樣。

「我至少在這個月之內都不會決定小組。」

「意思是你要慢慢待著並觀察狀況？」

「我也想要觀察別班的方針呢。」

我先說出了很理所當然的事。

但我在意的，跟普通學生在意的部分不一樣。

無人島的特別考試需要大規模的準備。

大概無法想像月城沒有干涉。

上次的特別考試已經要經過一個半月了，他卻沒有明顯的動作。

日漸遠離打算在四月之內讓我退學的計畫。

因為White Room學生獨自決定的行為而亂了步調。

應該也有可能在能稱為前哨戰的決定小組階段發起某些行動。

這是松下也無法完全預測的危險要素。要是把她捲進來應該不會輕易了事。

「好像不會在這裡得到好的回覆呢。知道了，那你先想一想吧。」

她從一開始就不打算強推嗎？她馬上就揮揮手打算道別。

「啊，對了。這是我個人的聯絡方式。」

這似乎是預先準備的，她遞給我寫著ＩＤ的紙張。

「那麼，我該說的都說了。」

松下不浪費時間地快速展開話題，接著又轉身往宿舍邁步而出。

「女孩子的聯絡方式增加，感覺是不錯啦。」

今後能否回應松下的期待，目前還不明朗。

我後來在櫸樹購物中心裡跟洋介會合。

「狀況怎麼樣？」

「雖然感覺不會變成最糟糕的發展……」

我循著洋介的視線前方，看見了咖啡廳裡篠原和小宮這兩人開心談笑。

然後在離得更遠的地方，也發現了一直靜靜盯著他們的池那副消沉的背影。

「該怎麼做才好呢？」

「如果他沒有失控介入的跡象，暫且在這地方觀察情況就可以了吧。我們貿然向池搭話，也無法提出解決之策。」

洋介同意地點頭。

「總之，我打算刺探一下小宮的事。小宮是抱著什麼想法邀請篠原組隊，沒有確定這點應該也無法行動。」

「我會先思考池同學無法跟篠原同學組隊時，跟誰組隊會最適合。」

「拜託你了。」

我們在分工蒐集情報上達成協議。

8

與洋介道別後，我打了一通電話給和小宮同班的石崎，並把他叫出來。

他說他還留在學校，於是我就往他附近走去。

「嗨！你有意思跟我們組隊了嗎！」

我們一會合，他就以燦爛的笑容與驚人氣勢纏上。

「沒有，那件事我還在考慮。很抱歉，今天是要談其他事情。」

我這麼說完，石崎就露出有點遺憾的表情，不過馬上就轉換了心情。

「什麼事啊，要找我商量。」

我很想立刻開口商量，但還是望向朝著石崎靠過來的一個女生。她是二年B班的西野武子。

「什麼啊，你說有事，原來是要見綾小路同學喔。」

「喂、喂，西野，我不是說過別跟來嗎？抱歉啊，綾小路。」

石崎這樣道歉後，就催促西野先去櫸樹購物中心。

但西野沒聽進去，而是靠向我。

「原來你跟石崎很要好啊。總覺得是意外的組合耶。」

西野對同班同學的石崎不加稱謂，並對我投以觀察般的眼神。

「妳這傢伙，完全不聽別人說話！所以妳才會被排擠啦！」

「被排擠？」

「啊，沒有，這傢伙現在在班上被孤立了，有點問題。」

「孤立？我又不傷腦筋。」

說到孤立，伊吹也有獨行俠的特點，西野看來也是夥伴。

「總之妳先過去啦，好嗎？」

「不要。」

「不、不要？妳這傢伙……抱歉，綾小路，你等一下。我現在就把她趕走。」

「我對你為什麼和綾小路同學偷偷見面很感興趣。」

我沒跟西野說過話，但她似乎是會把想到的事情毫不猶豫說出口的人。這種人確實容易樹立很多敵人。不過我跟石崎兩人見面的話，她會覺得不可思議也理所當然。如果只是什麼都不說就把她趕走，或許還會有反效果。我這麼判斷，決定把要商量的內容也告訴西野。

「我們是因為去年的合宿同組，所以才要好起來。」

我先好好傳達有這層原因，然後直接進入正題。

「我是想問問關於你們B班小宮的事，才聯絡石崎的。因為是不太能讓別人聽見的事，才請他來這裡碰面。」

「小宮同學的事？怎麼回事？」

她對小宮就沒有省略稱謂呢。我抱持這種感想說明理由。

「聽說他跟我們班的篠原約定組隊，你知道嗎？」

「沒有，我是第一次聽說呢。但這也不是什麼奇怪的事吧？」

想和別班組隊絕對不算是奇怪的事。

石崎會覺得不可思議也理所當然。

「這怎麼了嗎？」

「就算說客套話，篠原也不是能在無人島考試上活躍的人呢。我們班也在擔心跟小宮組隊是否沒問題。想先知道他是怎樣的人。」

「那傢伙人很好啊。手還滿巧的，而且因為是籃球社，所以也很有體力。」

「對吧？」他跟西野做確認。她好像意見相同，於是點頭回應。

「似乎是其中一方邀請要組隊的，他們正在交往嗎？」

「咦？不、不知道耶……」

「問石崎那種事，他也不可能會知道。他才完全不懂什麼戀愛吧。」

「妳很煩耶！那妳就知道嗎？」

「至少比你還懂。雖然並沒有在交往，但小宮同學喜歡篠原同學是無庸置疑的吧？」

「咦，小宮真的喜歡篠原？啊，不過，他好像確實說過喜歡別班的女生……雖然我也只有隱約的記憶。」

石崎似乎也聯想到了什麼，於是這麼說。

既然要組隊，當然就會要求對方一定的東西。

能力或是感情要好，或戀愛情感之類的要素。就像西野說的那樣，如果小宮對篠原有好感，發展成組隊也可以理解。

「但幹嘛要在意這種事啊？」

「我今天早上看見那兩人待在一起的模樣。因為小宮直呼篠原的名字，他們好像很親密呢。所以我在想該不會是這樣。」

「哦——……咦，什麼啊。難不成綾小路……你喜歡篠原？」

「不是。」

我立刻否認，但石崎好像還是擅自切換想法，開心地賊笑。

「什麼嘛，你裝得像個木頭人，結果還是有喜歡的女人啊？這樣啊這樣啊。」

「明明我就否認說不是了。」

「別隱瞞啦，我們感情這麼要好，對吧？」

不對，我想直到合宿那陣子之前一點也不親近……

雖然他最近確實比起不上不下的同班同學還了解我的個性。

「不過，我以為如果是你，會盯上更可愛的女生耶。」

這樣下去的話，也有可能會傳出錯誤的謠言呢。

這麼一來，池和篠原的關係說不定會更加錯綜複雜。

「是池。我們班的池很在意篠原。」

「啊？什麼啊，不是你喔。」

「所以我才會來刺探。」

「我了解狀況了啦，但戀愛不是旁人該插嘴的吧？」

「我也贊成這點。做多餘的事算違反規則吧？」

「原本的話是沒錯呢。但對我們班來說，這個狀況有點無法坐視不管。因為池的活躍是D班不可或缺的。」

關係越錯綜複雜，池就越有可能往奇怪的方向失控。

在難得可以活用才能的無人島考試即將到來的情況下，這發展很不理想。話雖如此，這件事對B班來說完全沒好處。倒不如說，還像是在為敵人雪中送炭。這應該是他不太想幫忙的事。

我原本這麼以為——

「好，需要的話，我會幫你。我該怎麼做才好？」

石崎完全沒有不情願，提議要幫忙。

「欸，石崎，你是認真的嗎？你是小宮的摯友吧？」

「就算這樣，我又怎麼能放著眼前傷腦筋的綾小路不管呢？」

「呃，放著他不管才對吧？我知道你們很要好，但我們彼此是敵人。」

「有句話叫做昨日的敵人，明日的朋友。對吧？」

正確來說是今日的朋友，但我當然是無視並隨便聽聽。

「雖然很令人感激，但若你要求回報，我也會很傷腦筋耶。」

「回報？我才不會要求呢，而且朋友傷腦筋的話，幫忙也很正常吧。」

眼前的石崎不擅長說謊。他好像願意無償陪我商量。

這很令人感激，但考慮到他是小宮的朋友，我無法做出蠻橫的提議。

如果貿然地想拆散小宮與篠原，應該會尤其招惹西野的反感。

「那麼，我想想……能幫我巧妙地問出小宮的心意嗎？」

「只要知道他是不是真心喜歡篠原就可以，對吧？」

「前提當然是要隱瞞是誰想要知道。」

「當然啊，但我要怎麼確定呢——你有點子嗎？」

西野幫助覺得沒有探聽的動機，而一臉煩惱的石崎。

「綾小路同學有看見他們兩人很開心的模樣吧？既然這樣就把這當作是石崎目擊到的，再刺探他們是不是在交往，不就好了嗎？身為不受歡迎的男人，應該都會很在意被朋友超前吧？」

正因為手上的材料很少，所以石崎立刻採納西野的提議。

「總、總覺得作為動機有點空虛耶，但這是事實……好、好吧！那我就試試看。等一下。畢

竟社團活動也還沒開始——」

「大概撥得通吧。」石崎這麼說，然後開始跟小宮講電話。

「……啊，小宮嗎？抱歉啊，在你社團活動前打過去。啊，沒有，我有點事想問你啦。今天早上你是不是在跟D班的篠原聊天啊？……果然。哎呀，我們明明就組成了沒女友同盟，我才在想你是不是偷跑了呢。」

石崎比預想還順利地向小宮詢問有關篠原的事。

「你說沒有在交往？這是真的吧？要是我之後發現你說謊，事情就嚴重了喔。」

石崎確認小宮和篠原沒有交往，並用右手比了ＯＫ。

可是，他的表情卻有些變化。

「咦……真的假的？呃，喔。原來是這樣，是喔——……」

石崎原本是以讓我也能了解的方式提問，現在情報卻突然減少了。

他專注傾聽小宮應該在電話的另一端說的內容。

「……是嗎？原來是這樣，哎呀，我知道了。也就是說，你成為男人的時刻也終於要到來了呢。我當然會替你加油。你知道結果之後會告訴我吧？」

我從對話的方向性隱約了解小宮告訴石崎的事。

通話結束後，石崎有點尷尬地看著我。

「小宮那傢伙打算跟篠原告白。說是要在無人島上執行。」

「原來是這樣——」

組隊的話就能整天一起行動。應該會迎接好幾個告白的絕佳時機。

「要怎麼做？我實在無法阻止喔。」

這是當然。小宮有告白的正當權利。

說來，池和篠原在意彼此，卻沒有踏出半步。要是在終點前被超前，那他們就是這種命運了。或者池應該有可能在小宮抵達終點後，在最後把她奪回來……

「總之，你真是幫了大忙。我想和堀北商量這件事。如果西野在組隊上不順利，就找我商量吧。或許我也能幫上什麼忙。」

「不需要回報啦。」

「煩惱時就要互相扶持呢。如果是我能力所及的範圍，我就會幫忙。」

「謝啦，你應該也有各種辛苦的地方吧，加油啊。」

我從石崎那裡收下慰勞的話，決定先和堀北報告這件事。

那天傍晚，我把堀北叫到學生餐廳。

如果是在人潮中的交談，就算周圍有學生側耳傾聽，要聽見對話內容也很困難。

我跟她說池對篠原有好感，但無法往前踏出一步。而且小宮對篠原有好感，眼看就要告白。接著告訴她這些應該會對接下來的無人島考試造成影響的懸念。

堀北聽見報告的反應是……

「放著不管就好了吧。」

她幾乎就如我想像，回以冷淡的反應。

「你說有事商量，我還以為是什麼……這不是旁人該干涉的事呢。再說，我對池同學作為童軍的能力評價也很高。應該不夾帶私情地做出最適合的安排。」

「不好說耶。池好像也對篠原在意到不行呢。視情況，也可能無法發揮去年那種表現。只是這樣倒還好，但也可以想像他因為在意篠原而扯小組的後腿。」

「你是說這也會有被戀愛耍得團團轉並退學的疑慮？」

「不能一口咬定絕對不可能呢。」

「……這就棘手了呢。實在是件蠢事。」

堀北像是抱著頭般地苛刻嘆氣。

「小宮和篠原好像有約定要成立小組，但也因為有妳的交代，目前還沒執行。但如果妳給出許可，他們十之八九就會成為一組。妳現在已經是D班的領袖。要是告訴她在戰略上跟小宮組隊會扣分，篠原也無法硬來。」

「你的意思是有必要阻止。但阻止組隊後，小宮同學也會改變告白的時機吧？視情況而定，或許會當天就執行。」

「無法排除這個可能性呢。」

「這件事比嘴上說說還要麻煩呢。但我們不可能連感情事都照顧。」

「那妳覺得該怎麼做？」

「乾脆讓池同學去告白嗎？如果篠原同學接受告白，池同學不管在什麼小組都會奮戰，為了不退學而努力吧？反過來說，要是被甩了就可以忘記她，並專注在考試上。」

我想前者是這樣沒錯，但被甩的後者，會變得怎樣就不知道了。

也可能變得自暴自棄。

不過，要是說出這個就會沒完沒了。

的確讓池在早期階段就定出結果，說不定會是最短的距離。

「就連擅長各種事的你，在戀愛層面似乎也是完全不行呢。」

「我正在努力學習中。」

「真是的……我知道了。我會設法做點什麼。總之，誘導池同學和篠原同學組隊就可以，對吧？」

雖然正在用餐中，但堀北還是掏出手機開啟了ＯＡＡ。

卻在此弄清意想不到的事實。

「很遺憾，好像已經太遲了呢。」

她把手機放在桌上滑來讓我看畫面。ＯＡＡ上可以看見組成的小組，而那裡早就已經記載了篠原與小宮這兩人成為一組。小組的第三人是Ｂ班的木下美野里。

「既然都變這樣了，就必須採取措施不讓池同學的動力降低呢。」

「這部分也找洋介商量吧。我現在正在請他思考最適合的組合。」

針對無人島考試的小組成立，真是前途坎坷。

10

到了傍晚，我就跟惠開始了逐漸成為慣例的房內約會。

今天的話題從池和篠原因為吵架而決裂開始聊，並以小組的話題為主軸。

「那個啊……清隆，你在無人島考試上打算跟誰組隊？」

惠表現出有點害羞的舉止，同時抬頭看我拋出疑問。

「目前沒預定要跟任何人組隊。」

「咦？為、為什麼？」

感覺她會希望和我組隊，但就算組隊，恐怕也不會對我有利。與其說她能力不足，不如說是考慮到要對抗月城的話會很不適合。

「組隊的優勢無庸置疑。不過就算這麼說，也未必一個人就無法獲勝。倒不如說，這也會有不受他人影響，可以自由周旋的好處呢。再說視狀況而定，也可以轉而幫助其他小組。如果有快要脫隊的小組，也可以進去輔助。」

「也就是整體上來說，一個人比較能臨機應變地行動吧……」

不管是男生還是女生，單獨參加都是被允許的。也就是說，自負自己無所不能的學生來看，這也是獨自勝出的機會。

「假如單獨考試的學生拿下第一名，光是這樣班級點數就會拉近多達三百點。」

「難不成是你的話，就能拿下第一名？」

「妳怎麼想呢？」

我反問後與她對上眼神，惠就這樣與我互相凝視一段時間，僵著身體思考。

「總、總覺得你會一臉事不關己……不小心拿下第一名。咦，可是等一下。要是你做出那種事，我們交往的事就會越來越難說出口耶！」

惠瞬間想像未來，並著急起來。

「要是你自己拿下第一名，我會高興得快要昏倒，也會覺得你很帥氣，可是可是，啊——我不知道怎樣才會最理想！」

「妳自作主張地興致高昂過頭了。不用擔心，要拿第一名也不簡單。」

「那、那麼你也覺得自己贏不了嗎？」

「我就先說是一半一半吧。」

「就算只是回答有一半的可能性也很不得了……」

「反正，妳該在意的要點，不是自己跟誰組隊的部分。」

「咦？這不是才重要嗎？畢竟搞不好會退學。」

「沒錯，這次的特別考試會牽涉退學。變成倒數五名就會強制受罰。但到時也無法自由選擇合作的對象。」

「嗯。所以我想跟你組隊……我希望你保護我。」

拐彎抹角邀請我的惠，在這邊老實地坦白。

「就算不用我保護，也有辦法得救吧？那就是持有救助時需要的個人點數。」

「是沒錯啦……」

儘管需要高額的個人點數，但反過來說，只要持有點數就絕對不會被退學。

「是沒錯，但就算考試中可以組成六人組，要迴避退學還是需要高達一百萬點吧？我沒有那麼多點數。」

「妳現在的餘額是？」

「呃……二十四萬點……別、別看我這樣，我最近算是存了很多呢！」

關於這件事，我沒有說出責備般的話。

我這邊也差不多，根本不可能責怪她。

「不夠的點數是七十六萬嗎？」

我手頭上有二十五萬左右。就算全部交給她，算起來也不足五十萬以上。

「惠，妳拿著的卡片是搭順風車吧。」

「嗯，這就價值來說怎麼樣？」

「老實說不能說是很好。不論好壞，它對自己本身帶來影響的要素都是最少的。既不是藉由努力就會被加分，也不是失誤時能得到幫助的那種卡。」

只能賭在可能贏的小組身上，若是單純的價值，它也能說是最低的。

「……我想也是呢。」

我原本就隱隱約約知道——惠有點失望地嘆氣。

「我記得你的卡是試煉卡吧?那是勝利的時候效力很厲害,但輸掉反而會很悲慘的卡片吧……啊,我當然知道你完全沒問題。我原本很想要減半卡或無效卡呢。」

依惠這種學生來看,比起試煉這種卡片,會強烈認為救助卡比較寶貴也理所當然。

「搭順風車也不是沒有希望。應該也有不少學生認為減半或無效卡沒價值。從那種學生來看,搭順風車也會產生價值。」

雖然這與領先卡或追加卡不同,不會打動對自己有自信的學生,但反過來說,就會是認為自己無法徹底取勝的中間層學生們的目標。而且從中間層的學生數量也應該最多的這點來看,尋找希望交易的人就會很容易。只不過,減半之類的卡片也會是一部分中間層以及後段層非常渴望的東西。視持有者而定,無價值的卡片會搖身一變,就像金卡那樣散發光芒。

「點數就由我準備。」

「咦,你說準備……要怎麼準備?」

「有好幾種方法,也有賣掉試煉卡得到資金的方式。」

「可是,這樣說不定就要捨棄試煉了耶……這樣好嗎?」

「先不讓妳退學比較重要。」

「嗚,嗯……謝、謝謝。」

惠說完就臉紅了。

後來轉移到暑假的話題。儘管算是聊得很熱絡，但我們之間仍沒有新的進展。

11

夏天的特別考試前施行了可以組成最多三人小組的制度。

不過，這裡也舉行了不僅如此，並看準未來的討論。

「妳來了啊，一之瀨同學。」

「久等了，坂柳同學。」

成立小組解除限制以來，第一個週末的星期五。

坂柳聯絡一之瀨，把她叫來咖啡廳。

「妳時間上沒問題嗎？這是很突然的請求，所以我原本也做好了被拒絕的覺悟。」

「我沒想到會收到妳的聯絡，老實說有點驚訝，但完全沒問題喲。」

這天，坂柳在一小時前這種臨時的時間約了一之瀨在咖啡廳碰面。

如果一之瀨有安排的話，被拒絕當然也不足為奇。

「因為我無論如何都想在今天跟妳見面談談。」

這是坂柳的謊言。

這是藉由在當天無預警邀請一之瀨，不給她時間思考的戰略之一。

預先在幾天前就約好的話，一之瀨就會思考要聊到什麼。

視情況而定，她也可能會向神崎等同學求助。

這是為了防範未然。

「話說回來，妳為什麼願意接受我這個臨時的請求呢？」

「為什麼？因為我今天也沒有特別的安排呢。」

「不是這樣。我以前對妳做過有點過分的事。就算被妳討厭也不奇怪。」

坂柳為了陷害一之瀨，而私下問出一之瀨的過去。

把她應該不想被人知道的過去暴露給眾多同學，並且折磨她。

如果遭到自己原本應該很信任而傾訴的對象背叛，多數人都會討厭起那個人。就算不討厭也會抱著強烈的不信任感，並想要保持距離。

不過，一之瀨不但立刻回應坂柳突然把她叫出來，而且一點也感覺不到對坂柳心懷怨恨的印象。

「嗯——我不認為妳有做出特別過分的事喲。國中時期的事情，我也確實必須反省，而且我也認為那是很丟臉的行為。不過，我也沒有拜託妳別把那個祕密告訴任何人，把責任歸咎在妳身上是不對的呢。」

一之瀨說這完全是說出過去的自己的問題。

「妳果然無庸置疑是個好人呢。」

「不知道耶。我自己也不太清楚。」

她有點難為情地輕搔臉頰，無法與溫柔凝視自己的坂柳對上眼神，而一度別開視線。

「所以……妳找我有什麼事呢？」

一之瀨好像覺得繼續聊這個話題很不自在，於是催她說出正題。

「那我就照妳的希望進入正題，說不定正題對妳來說才會讓心裡很不舒暢。」

「還請妳手下留情。」一之瀨被告知這種開場白，就如此輕聲低語。

「老實說，我覺得你們這樣下去別說是A班，要再次升上B班都會很危險。關於這部分，能告訴我妳的想法嗎？」

坂柳毫不客套地指出一之瀨身處的現狀。

「啊哈哈……妳真的很率直。」

儘管腦袋有點空白，但一之瀨還是露出苦笑，以手代替扇子搧風。

坂柳故意只有微笑，一副等她回答的樣子。

「我們身處的狀況，的確絕對不算是太好呢。」

五月一日的時間點，一之瀨與他們追趕的龍園率領的B班，班級點數的差距就只有二十六點。因為也會受到每個月遲到缺席之類的影響，所以如果沒有特別考試，感覺就有可能追上他們。畢竟，實際上，在這一年的班級點數推移，這種因為平時行為導致的些微點數累積相當重要。

然而自從班級替換，龍園他們升上B班後，就看不見任何破綻了。雖然迎接六月後有縮短一些距離，但也只有兩點而已。感覺得到龍園他們絕對不會讓一之瀨超越的強烈意志。

就算不說出這件事，被龍園追著的坂柳也感受得到這點。

「我認為自己十分清楚他是頑強的對手呢。」

「有些事即使清楚也無可奈何吧？最近都沒有做出問題行為，簡直難以想像那是那個吵鬧的龍園同學的班級。如果無法在私生活上追上，接下來就只剩在特別考試上奮起的辦法。」

一之瀨輕輕點頭。對此，坂柳絕對不會說些甜言蜜語。

「他應該不能靠普通手段吧。對於以正面進攻法戰鬥的妳來說，在某種意義上就算說他是最難對抗的對手也不為過。」

關於這件事，在學期末考試上與龍園直接對決過的一之瀨也非常清楚。

龍園既強硬又不正規，甚至會不惜違規。

可以的話，真不想戰鬥——這應該才是一之瀨的真心話。

「可是，為了升上去，這一條是無法避免的路。再說龍園同學雖是難對付的對手，但他也無法輕易打敗妳呢。」

雖說有段時間跟同樣是A班的葛城起過糾紛，但A班與龍園的B班拉出了將近兩倍分數的差距，無庸置疑是遙遙領先的狀態。就算有辦法讓A班輸個一兩次，要瓦解第一名也很難。

「雖說有兩百點以上的差距，但現在氣勢滿滿的D班又如何呢？妳有自信不被超前嗎？」

「堀北同學他們班也顯著地累積了實力。就各個學生的實力來說，也湊齊了一群不輸任何班級的人……這樣看的話，真的是毫無餘力呢。」

「D班的確有好幾個有意思的人才呢。以溝通能力出色，成績平衡很好的平田同學、櫛田同學兩人為代表，他們還有年級裡唯一獲得身體能力A＋的須藤同學，以及在出了難題的數學上拿下滿分，做出伏兵般動作的綾小路同學。實力深不見底的高圓寺也是危險人物。」

藉著刻意說出口，可以再次感受到二年D班儲備陣容的實力。

「然後，統籌那些人的領袖堀北同學。她的學力和身體能力都很優秀，不久前也加入了學生會。」

坂柳讓一之瀨再次確認自己身處的狀況。

「要繼續說出嚴厲的話，我也感到非常抱歉，但我還是認為一之瀨同學的班級要掉下D班只

是時間的問題。」

「我覺得現在得到這種評價也是沒辦法。不過——」

「妳會靠努力與友情想方設法——妳要說出這種抽象的事嗎？」

一之瀨因為坂柳搶先正確回答，而嚇下快說出口的話。

「靠那種曖昧不清的事，不管怎樣都不可能獲勝。每個班級都在這一年明確地累積著實力，一之瀨同學的班級卻感覺不到大幅成長。」

「這……沒有這回事喲。大家都有好好地成長。」

「我沒有說沒成長。我是指幅度問題。」

「雖然或許沒辦法讓妳理解，但我認為我們沒有輸。」

坂柳微微一笑，慢慢地輕輕搖頭。

「只要看過ＯＡＡ就一目了然。把一年級時的綜合能力，與現在二年級做比較來看，四個班級裡成長幅度最低的，無庸置疑是妳的班級。我以為妳也做過這種程度的檢查……妳是知情卻假裝沒發現，還是害怕查詢而無法確認呢……」

一之瀨深深地回想起以前和坂柳獨處時的事。

簡直就像大人與小孩。

辯輸是理所當然，感覺自己逐漸被逼到角落。

面對準確攻擊弱點的坂柳，她的反駁都被封住了。

「妳是聰明的學生。如果是對等且正經的討論，應該不會遜色於我吧。可是在位居劣勢的環境下簡直無法發揮那些實力。上次和這次一樣，妳被攻擊弱點就只能陷入沉默。不過，妳接下來要面對龍園同學和我，我們即使處於劣勢環境仍會露出敵意喲。」

「是……是啊。」

這兩人不論在什麼狀況下，都不會懷疑身為強者的自己吧。

「現在的妳毫無勝算，這個情況應該也可以這麼斷言。」

「妳是為了說這些才把我叫來嗎？」

「如果只是為了單純惹人厭，我在哪裡都辦得到，不會浪費寶貴的假日呢。」

坂柳決定在這邊說出今天叫出一之瀨的真正目的。

「妳要不要跟我合作，一之瀨同學？」

「咦……？」

對於這太讓人意外的提議，一之瀨被迫做出始料未及的應對，說不出話來。

「妳要追上我們A班，唯一的辦法只有這個。」

「不對，但這是──」

「班級之間變成合作關係不是壞事。實際上妳在一年級時就跟D班的堀北同學處在類似的關

係吧？」

處在合作關係的事，就算傳到坂柳那裡也不足為奇。

「這是我自作主張的想像。我認為妳跟D班堀北同學他們的合作關係已經被解除了。雖然說是最後一名，但他們在這年比任何班級存下更多班級點數，目前是處在勢頭上的狀態。相較之下你們就往後退了一步，掉下C班。從堀北同學他們來看，繼續和妳合作不會只有好處。」

坂柳這個完美的指摘，簡直像是直接看過一之瀨與堀北的互動。

一之瀨也無法否認，以幾乎承認的形式回答：

「是啊……合作關係是不會永遠持續下去。」

「嗯，要讓合作關係維持下去就會需要『某個條件』。正因為妳和堀北同學的班級去年滿足了那個條件，所以才沒有無謂的競爭，並成功構築良好關係。」

一之瀨同意似的輕輕點頭。

「那所謂的某個條件……就是班級點數的差距。」

事實上一之瀨不與堀北的班級敵對，也正是因為班級點數有段差距。

「雖然這件事不是我的本意，但我們A班和你們C班也形成了充分的差距。換句話說，我認為要合作也不是不可能。」

「哀傷的地方是我無法覺得這提案令人高興呢。畢竟這就是在暗示我們班對妳來說是不值得警戒、不值一提的存在。」

「如果要不客套地說，那妳說得沒錯。」

一之瀨被坂柳拋出毫不留情的現實。

不過她沒有垮下笑容。就算要在情感上否認很簡單，但作為事實，她無法不去正視班上被逼入絕境的現實。

「我很難想像坂柳同學妳跟我們班聯手會有好處呢。」

「不會，沒這種事。如果只看作為戰力的這點，儘管稍嫌不足是事實。不過你們也擁有任何班級都沒有的強力武器。」

坂柳說完就微微一笑。

「就是——『信任』。只有跟你們班合作的期間，我可以斷言你們不論如何都不會背叛。這是把人當作夥伴時非常重要的要素。」

你們是我可以放心背對著的對象。光是這樣就有合作的價值——坂柳說。

「這評價真讓人開心，可是現在是連我們都顧不得形象的狀況喲。」

「就算這樣也沒關係。我不認為妳會放棄這個名為『累積至今的信任』的武器。假如妳有放棄且背叛的情況，那就是我誤判想法的責任。」

就算這是坂柳的陷阱，一之瀨也不會覺得被寄予信任的感覺不好。

不過，她已經記取了坂柳是不能大意的對手。

「可以請妳再說得具體一點嗎？」

「意思是妳能正面理解合作關係嗎？」

「……是啊。」

「那我們就談談吧。」

坂柳為了把一之瀨率領的二年C班收入旗下而行動了起來。

「接下來舉行的無人島野外求生考試，規則有點棘手。只能同年級組隊，而且報酬會平等分配。總之，就算可以從各班蒐集精選的成員，也完全不會產生班級點數造成的差距。」

「是啊。所以，可能勢必就會以自己班級成立可以獲勝的小組。」

「可是，那樣就不叫精挑細選的小組吧。再怎麼樣都會出現無法只靠自己班級完全準備的地方……不過如果變成兩個班級，又怎麼樣呢？要是可以從七十九個成員中自由選出，就另當別論了吧。」

「坂柳同學的班級和我的班級組隊……」

「雖然妳跟我們A班的差距不會縮短，但還是可以追過龍園同學的班級，並且跟D班拉開差距。」

「可是——這樣就會失去一次追上你們班的機會。」

「為了第二學期、第三學期，先回到安穩的地位才是最優先的吧？妳在這邊拒絕握住我的手，也不一定能獲勝。不是嗎？」

「這……」

「反過來說，要是輸給別班，一之瀨同學妳就會掉到D班。也會大量失去班級點數，被迫處在極為痛苦的狀態。要是變成這樣，以A班為目標就幾乎不可能了。」

面對坂柳的話，一之瀨又無法反駁地保持沉默。

「我想妳還是會懷疑我。不過，我認為跟別班聯手的機會沒這麼多喲。D班和B班為了追上A班，應該絕對不會跟我合作。可能的話，也只有三班結夥挑戰A班的選擇。因為這樣就能成立強力小組了呢。」

就算A班再強大，要是B班到D班攜手合作的話，勝算也會變薄弱。

「說我沒在考慮，是騙人的呢。」

「我想也是。不過，那個三班合作的戰略並不實際。組隊解禁以來已經好幾天了，有人向你們搭過話嗎？」

一之瀨低垂著目光，緩緩搖頭。

「三班合作的話，班級點數的報酬就會被分攤。就算可以死命地拿下第一名，縮短的差距也不過是一百點。第二名的話是六十七點，第三名的話就只有三十三點。」

就算二年B、C、D班組成的小組獨占領獎台，拉近的差距也只有兩百點。

雖然點數絕對不算少，但這場特別考試要獨占領獎台本來就很困難。

「想要單獨縮短三百、四百點的差距是很自然的。」

「但我和妳徹底聯手的話，堀北同學和龍園同學或許也會聯手……而且包含我們班在內，小組也正在不斷成立呢。」

「嗯。倒不如說，我原本就是在等大家開始組隊。我要在所有地方都不以班級單位合作的情況下，跟妳提議只靠主力組隊。」

「所謂的主力是指？」

「我跟去年一樣，沒辦法靠這雙腿在無人島四處活動。不過，學校還是允許我參加了。雖然我會站在有點特殊的立場。」

「特殊？」

「考試開始時，因為身體不適之類而無法參加的學生，一開始就會納入退出的範圍，對吧？不過，我卻會以『半退出』的形式參加。」

「半退出？」

「就是行動不便無法在島上自由走動，但還是會停留在起始地點，跟大家一樣在規則內戰鬥的權力。換句話說，要是被徵詢意見的話，我都可以回答，而且也可以一起面對難題。不過，如

果我變成小組的最後一人時，小組當下就會確定敗退。」

「意思就是妳可以在那個特殊的範圍下參加，對吧？」

雖然會需要聯絡的手段，但一之瀨還是馬上就理解坂柳作為智囊運作是很重要的要素。

「妳可以從我們這邊自由選擇包括我，還有橋本同學、鬼頭同學、真澄同學這四個人。這無庸置疑是A班引以為傲的主要戰力。從B班選的話，就有像是妳，外加神崎同學，還有柴田同學吧。」

目前舉出的成員都處在尚未與任何人組隊，並觀察著情況的狀態。

對雙方來說，都是在會因而有所不便之前的階段。

「是啊。考慮到在無人島也會需要體力，我想是這樣沒有錯。但特別考試開始了，也完全不保證小組可以按照期望會合吧？」

「聽說很難會合，但並非不可能。」

坂柳微笑，這是不論什麼難題，都一定會會合的自信表現。

「坂柳同學，我可以坦白說感想嗎？」

「當然。」

「妳比我想像中還不期望三個班級一起戰鬥呢。倒不如說，妳害怕會變成那樣，不是嗎？」

「怎麼說？」

「妳說我們是能信任的對象，我認為也是真的。可是，最重要的是要避免B班到D班攜手合作，把A班逼到窘境的發展。雖然在領獎台上能拿到的班級點數會減少，不過也不保證這三個班級通力合作的發展，今後也不會持續下去呢。」

至今快要被坂柳的發言壓制的一之瀨，毫不掩飾地向坂柳表達自己抱持的情緒。

「三班合作把A班逼入絕境。如果這種案例成功，今後妳就會被迫苦戰……不是嗎？」

對於不斷打防守戰的一之瀨做出反擊，坂柳略顯吃驚。

「看來我有點小看妳呢。」

這場特別考試，就算B班到D班哪個班獨得三百點以上的班級點數，坂柳甚至也覺得無所謂。坂柳作為A班遙遙領先，在這場考試上最該避免的，就是後段的三個班級擁有連帶感。她預測今後這種考試會增加而先發制人。假如存在可以統籌三個班級的人才，那個人就很有可能是一之瀨帆波。正因如此，她才會想要率先將一之瀨收入自己手中。

「跟我合作的提議——妳是願意接受，還是不願意接受呢？」

坂柳承認後，向一之瀨請求協助。

「假如妳願意跟我合作，要我拿出三人份的保證金也沒關係。我會把合計三百萬的點數借給退學風險高的學生。萬一受罰的話，可以當作救助措施費使用。我想這對於比任何班級都不希望有人退學的妳來說，是個幫助很大的提議。」

害怕被拒絕的坂柳伸出手。

「能不能提出五人份？這樣的話我也可以放心。」

「妳還真貪心啊。反正我最近也預計要花掉差不多的點數，我就特別幫妳融資吧。」

A班在長達一年以上的期間，一直比任何班級都收下更高額的個人點數。所以各個學生存下的點數也是其他班級所無法比擬。

「那契約就成立嘍。不過，就算沒有保證金的這件事，我也會選擇跟妳合作。最終目標當然是A班，但就像妳說的那樣，我掉到C班，已經沒退路了。要是在這裡掉下D班，班上的動力一定會大減。我希望避免這樣呢。」

一之瀨要求坂柳握手。

「二年C班與二年A班一起戰鬥——我接受這個提議。」

藉由彼此握手，兩班的同盟成立了。

「這樣我也能放心戰鬥了。事不宜遲，我有個請求。」

「為了最大限度地提昇勝率，我們必須從把『增員』卡交給A班主力開始……對吧？」

一之瀨已經開始作為同盟擬定最佳戰鬥路線。

如果使用年級裡只存在一張的「增援」卡，就能組成七人組。

這也是坂柳決定要跟一之瀨一起戰鬥的理由之一。

「能快速達成共識，真是幫了大忙。」

「但龍園同學和堀北同學都是難以對付的對手。」

坂柳也絕對沒有輕視他們兩人。

考慮到站在堀北背後的綾小路的影子，這就絕對不是一場輕鬆的戰鬥。

不過她確定絕對會獲勝，才選擇跟一之瀨一起戰鬥。

「拿第一名的會是我們。為此，我不打算吝惜必要的努力呢。」

她要集中主要戰力，挑戰龍園與堀北的班級，還有一年級與三年級。

一年級、三年級們的戰鬥

入學後經過了將近三個月，目前是新生們也理解高度育成高中的狀態。

一年級們也正在為了下次的大型特別考試成立小組。

不過，發生進展不順的事態，則是在成立小組解禁後沒多久的事。

寶泉率領的一年D班學生們頑固地拒絕參加小組，並做出拒絕交易卡片的動作。對三個班級提出「想組隊就把點數交出來」的要求。

因此陷入無法自由組隊的狀況。

各班代表們都在六月期間期待寶泉改變主意，但到今天都迎接七月的第一天了，狀況依然沒有迎接變化。

雖然整個年級也出現很多要無視D班的意見，但一年B班的八神拓也卻對此喊停。無視D班並組成只有三班的小組是很容易，但這場特別考試重要之處是與「其他年級」的競爭——若要以這點為最優先，八神主張為了組成最適當的小組，就有必要從所有班級精選人才。幾乎同一時期，也有學生抱著與八神想法相同的贊成意見，於是三個班級就同意直到七月都先觀察情況。

但因為寶泉貫徹無視，這件商量也以毫無意義告終。

然後在迎接期限的今天，四個班級的代表為了打破現狀而齊聚一堂。

為了刻意不讓討論帶有機密性，八神提倡以簡單的形式集合。大家都同意由班級領袖或接近領袖的人物集合，但關鍵的D班並沒有答覆，就這樣迎接了放學。

一年級教室羅列的空蕩走廊上，最先現身在那地方的是一年B班的八神。因為他認為自己身為提議者，有必要比任何人都更早現身。

過沒多久，一年C班的宇都宮陸也出現了。

「目前好像還只有你呢。」

「嗨，宇都宮同學。我原本就隱約覺得應該會是你參加呢。」

「我不是當領袖的料，可是因為其他學生都不想來。我們班大家平時發言都各有所好，個性上卻討厭這種麻煩事。」

「是因為他們知道你就是這麼值得依靠的學生吧。我看過這個月更新後的OAA，你的社會貢獻性升到B了呢。」

八神說完，就爽朗地微笑。

儘管是被稱讚的狀況，但宇都宮還是皺起眉頭。

眼前八神的身體能力本身是C，可是學力是A。甚至因為反覆為B班貢獻，靈活思考力與社

會貢獻性都升到了A。綜合能力上非常傑出。

最重要的是，C班並不處在可以高興的狀況。

「我們失去了伙伴。老實說，我認為那個損失相當大。」

「我也沒想過波田野同學會退學，真是遺憾呢。」

「……嗯。」

波田野是一年C班的男學生，也是擁有學力A的珍貴學生。

但他卻做出違反就會立刻被罰退學的行為，而那變成了致命傷。

原本有點放鬆的一年級們，再次領會到這間學校的殘酷。

話雖如此，波田野已經退學一個月了。

身為同學的宇都宮連惋惜的時間都覺得浪費。

現在失去優秀學生的當下，下次的特別考試上很需要確實的成果。

「你好像跟我們班的波田野很要好呢。」

「我們一起加入學生會，說要讓學校變熱鬧呢。」

宇都宮輕輕點頭後，就看向了一年D班教室的方向。

「你覺得寶泉會來嗎？」

宇都宮詢問有關導致舉行這場討論的那個元凶的事。

「應該是一半一半。」

「一半一半？你真信任寶泉耶。我預計他不會過來。」

「如果他沒在此現身，就會確定是三個班級組隊。這麼一來，就會變成只有原本打算高價售出的D班被剩下來的形式。一年D班的勝算就會消失。」

「他要是覺得能從我們這裡騙走個人點數，那還真是傲慢至極。這次順利組隊才有意義。二年級和三年級會是敵人，所以我們應該確實地這麼做。但寶泉卻拒絕了。」

同為一年級生，卻打算在不用競爭的地方競爭。

「那是表面上呢。不過，我很難想像寶泉同學會發自內心希望那樣。」

「我可以理解這是在討價還價，但這是個沒有勝算的談判策略。」

「如果他是發自內心執行這次的談判策略，反而令人感激。對我們其他班級來說，這代表著寶泉同學不是那麼大的威脅。」

「……是啊。」

「這場面也是為了推測寶泉在想什麼。」八神這麼說明。

在兩人正在議論時，作為第三人現身的是——

「哦——！是陸還有拓也。果然是你們兩個啊——」

大聲說話並揮著手靠過來的，是一年A班的高橋修。

雖然學力本身是偏低的C+，但他擅長跟任何人打成一片，是經常被叫到討論場面的人。他在別班跟其他學年都擁有許多朋友。

「修同學你會過來，就代表著這又是被硬塞的麻煩事嗎？」

「我們的領袖是討厭麻煩事的人嘛——所以這種場面就由我出馬。」

「不過，修能過來，也會進行得比較順利呢。」

就像宇都宮這樣，來這場討論的不是領袖也沒關係。

反過來說，擅長對話的學生能過來，對別班來說也很令人感激。

「就剩下和臣那傢伙了嗎？」

距離集合時間剩下三分鐘左右。如果他沒有現身，三人就會毫不猶豫地進行對話。

「乾脆這個階段就合作不是比較好嗎？想要孤立並盡早擊潰D班才是我的真心話。」

「學校說無人島上的考試也要求學力以外的要素。如果只看學力的部分，D班就是年級最後一名，但身體能力上卻是與第一名差距微小的第二名。在成立小組上可能會肩負重要的職責。」

「我懂陸想要說的呢，我們班也對這個狀況相當焦躁。不過，要拋棄他們可能太早了吧？也無法一口咬定今後不會有這次這種年級合作的考試吧？」

對宇都宮提議要把D班趕出去，八神始終站在替D班圓場的那方。高橋則是居中的狀態。

「如果有合作的必要，三個班級就好了。我承認D班確實也有能利用的戰力，但也不至於不惜取悅寶泉地請求他。差不多到約定的時間了。我希望往三班協商的方向上談妥這件事。」

「好像也不能這麼做呢，陸。」

那男人像是料到了這種討論的方向，這時慢慢地現身。

「你似乎還是來了呢，寶泉同學。」

八神以笑臉迎接的寶泉，就像平時那樣毛骨悚然地露出白齒，並且靠了過來。宇都宮稍微瞥了一眼，就把視線移到窗外。

「你出現的時機真好耶，和臣。」

高橋不害怕寶泉，以友善的態度搭話。

他心裡的想法只是大家都要好好相處。

「別裝熟叫我的名字，我會宰了你。」

寶泉鎮住這樣的高橋，再次看向八神和宇都宮。

「你們打算付點數了嗎？」

「這玩笑真不好笑。我才沒有要給你半點。」

「好啦好啦，冷靜下來吧。從一開始動不動就吵架也談不成呢。」

「那麼，大家都到齊了，就開始討論吧。小組的——」

「少在那裡自作主張打算開始。」

寶泉用力撞擊高橋的肩膀，他猛然地跌了個四腳朝天。

宇都宮看不順眼這行為，狠狠地瞪了寶泉。

「寶泉，別把你的暴力帶來這個場面。」

「啊？你打算阻礙我？」

「有必要的話，我就會這麼做。」

「哈，有意思。你有本事就試試啊。」

他舉起左手，一屁股坐在地上的高橋就急忙大喊：

「等一下等一下，等一下！這是我自己滑倒而已，冷靜嘛，陸。」

「似乎是這樣耶。」

「很遺憾，我不像高橋那樣溫柔。」

「既然這樣，就讓我見識看看吧。」

寶泉在握起拳頭的同時，宇都宮就抓住了那隻手臂。

「哦……？」

寶泉感受到他的握力之強而開心地笑著。宇都宮的視線不是單純地徒有其表，可以知道視需求而定，他也有在這裡戰鬥的決心。

寶泉認為現在在這裡互毆好像也很有趣，不過最後還是改變了主意。

儘管做法不同，但寶泉比任何人都渴望跟其他年級戰鬥。

「似乎能跟你玩一場很有意思的遊戲呢，我會先保留樂趣的。」

「你把暴力當成是種遊戲嗎？」

「對，那就是遊戲呢。」

「真無聊。不過，如果你希望的話，就別保留到以後，要我現在在這裡應戰也是可以。不過，前提是如果你能接受不再對我同學出手的條件。」

在一觸即發的氣氛中，雙方以互不相讓的形式四目相交。

「喂喂喂，這話是什麼意思？」

「我推測是你讓波田野退學的。那傢伙不是會隨便做出不當行為的人。」

「不就是小嘍囉害怕被退學，結果自爆而已嗎？」

「我記得很清楚波田野確定退學後的表情。那傢伙是被某人陷害。」

「你的意思是那會是我？」

「除了你還會有誰？」

寶泉一度打算退讓，爭執的火花卻再次開始點燃。

「你們都冷靜啦。陸也是，不謹慎地擺出找人吵架的態度，會正中和臣的下懷喔。」

「高橋同學說得沒錯。現在重要的是盡力於無人島野外求生。」

「是啊，話說回來，下次的特別考試可以跟別班組隊耶。」

寶泉的語氣簡直像至今都沒留意似的。

「這又怎麼了？你否定班級間的合作，這與你無關吧？」

「如果你無論如何都要懇求我，我也是可以跟你合作喔。」

「別開玩笑。就算剩下的最後一人是你，我也不會組隊。」

「真冷淡耶。」

宇都宮慢慢鬆開寶泉的手臂。

八神看見這副模樣，算好時機似的開口：

「這樣也浪費時間，要不要開始了呢？」

「誰說要參加討論了？少在那邊打算開始。」

「那麼你來這裡的理由是什麼？只是打發時間嗎？」

「要是我說沒錯呢？」

「我不相信呢，你沒這麼笨。」

面對寶泉，八神毫無懼色地微笑回答。

「雖然要在無人島上野外求生是件很異常的事情，但二年級和三年級都各自體驗過一次。我們一年級必須在壓倒性不利的狀況下挑戰考試。」

「但我們也有附上平衡條件吧？」

面對樂觀的高橋，八神保持溫和的態度繼續說明：

「學力和身體能力都會隨著年齡增長，而二三年級相對有利。如果無法合作，或許會單方面被高年級生當作剝削對象喔。」

「就是因為這樣，四個班級的合作是不可或缺的。」八神強調。

「你還真是沒骨氣耶，八神。不管是二年級還是三年級，我都有自信擊潰他們。」

「在個別的才能上，我們當然也有學生比他們更厲害。可是看綜合能力時，一年級比較遜色就是無法隱藏的事實。因為不是人人都像你一樣天生資質好。」

他一直表現出溫和的姿態，以及給寶泉高評價的態度，維持著不讓對話破局。

「因此——我認為我們一年級也必須至少合力組成一支強力的『四人組』。正如寶泉同學說的那樣，要讓面對二年級和三年級也能斷言絕對不會輸的學生們集結起來呢。」

「意思就是說，我們不在這場特別考試上競爭班級點數嗎？」

「正因為這是讓同年級合作變得困難的規則，所以時間所剩無幾的二年級和三年級，會難以接受這次特別考試的機會損失。可是我們還剩下兩年以上的時間。正因為這樣，我們才應該刻意放棄班級點數。」

現在A班到D班的班級點數差距，最多也只有三百點左右。面對說服大家無須著急的八神，宇都宮似乎想法不同而皺眉。

「跟別班組隊的好處很微小，這是放棄班級點數的無謂行為。」

「如果會被高年級生當成剝削對象，現在就不是說這種話的時候了呢。」

「但一年級裡就不會分出優劣。」

若戰鬥後輸給高年級也沒辦法——宇都宮這麼強調。

「啊——等等。我對拓也說的話有點在意，為什麼要是一組啊？前三組都是獎勵班級點數的對象吧？如果考慮到小組會在正式考試上會合，組成更多更多強力的小組不是更好嗎？」

八神立刻回答高橋提出的疑問。

「你說得當然沒錯喔。但從一開始就去摸索組成大量強力小組，我們就會想要取得平衡。對手是高年級生們，不是會讓我們輕易贏過的對象。這樣的話，刻意組成能拿下第一名的最強四人組會比較重要。正式考試上要自由組隊似乎也很困難，就算高年級生努力合作，也只能三人與三班合作呢。」

高橋聽見八神的這番話，就察覺了他的目的。

「意思是只要能拿到第一名，就算最壞的情況是要捨棄剩下的人也無所謂。」

「我認為即使無視寶泉同學並三班合作，也能成立相當強力的小組。但這樣就跟其他年級做法相同。我強烈希望四個班級合作，不只是要精選戰力。因為我認為完全統一整個學年，團結戰

鬥的意志是不可或缺的。學校只讓我們一年級生成立『最多四人的小組』。我們沒必要眼睜睜地放棄這個部分。放棄珍貴的平衡調整實在很可惜呢。」

如果只排擠D班的話，當然會發展成他們去妨礙第一名。

這麼一來，D班顯然就會用各種手段來阻止勝利。

「既然能完成四班完全合作的體制，就應該以那個理想形式為目標。」八神說。

接著八神再次面向寶泉。

「我是在理解只有你也足以和學長姊們戰鬥後才希望你幫忙。」

八神訴說自己只是認為需要四個班級，而宇都宮卻一臉懷疑地看著寶泉。

因為他不覺得這個至今超過兩週，就連討論都拒絕的男人會答應。

「好啊，要我合作也可以。」

但事到如今，寶泉卻很乾脆地參與了八神的提議。

「……你想幹嘛，寶泉？」

「想幹嘛？不就是在聽你們說希望合作的可愛請求嗎？」

「那麼，你就說出條件吧。」

對於寶泉態度轉變之快，八神覺得浪費時間似的催促道。

「兩個空缺名額，要加入D班的學生。這就是絕對的條件。」

「什麼？」

宇都宮當然對於他提出只有自己班上可能獲利的提議表示厭惡。

「但要是無法任意組隊，該怎麼辦？」

「我說過了──加入D班學生是絕對的條件。」

「原來如此。意思是假如不能加入兩名D班學生的話，就要靠四個人通過考試。」

「你們會準備最強的四個人，應該不影響輸贏吧？」

「別開玩笑，寶泉。」

「我沒在開玩笑。不爽就退出啊。」

「這傢伙……」

宇都宮打算逼近提出蠻橫要求的寶泉。

八神擠進兩人之間似的溜過去。

「請冷靜，宇都宮同學。我認為即使是這個條件也沒關係。」

「你是說要對D班雪中送炭？」

「該擺在最優先的是我們一年級要團結，以及絕對不要輸給其他年級。」

「要是允許寶泉拗好處，今後他就會得寸進尺。」

「那麼，現在在這邊拋棄寶泉同學的D班，又有什麼不一樣嗎？」

「這……」

「這次考試重要的是一年級獲勝。除此之外都算不上損害。」

「我也贊成喔，陸。我懂你的心情，但首先一年級必須互相合作呢。」

宇都宮露骨地咂嘴，接受八神與高橋的說服並忍了下來。

「不能再有更多要求。可以吧，寶泉。」

寶泉把宇都宮的要求當作耳邊風，然後轉身背對他。

就像是在說討論已經結束一樣。

「那麼，最後還有一件我們一年級應該團結的事。為了不在與報酬相關的卡片上起糾紛，我們就在整個年級微調，並且整合到可以發揮最大效果吧。而且在可能會掉到後段的小組集中能力不足的學生，並讓他們持有減半卡也很重要呢。你也能答應這件事吧，寶泉同學？」

「隨你高興。」

寶泉毫不留戀地立刻離開這地方。

在三人凝視那身背影的情況下，高橋對八神拋話：

「對了，拓也，你打算從B班裡派誰出來？」

「我覺得至少參加這場討論的人，全都是能加入最強小組的人才呢，當然也包含寶泉同學在內。我應該沒有想錯吧？」

八神以溫柔卻銳利的眼神，看了高橋和宇都宮，接著也看了寶泉的背影。

「就算認同寶泉的能力，把他納為夥伴也是錯的。那傢伙——」

「算了，這點之後再慢慢決定吧。要不要想成光是能在這邊整合大方向就很夠了呢？」

「……知道了。」

「我們合力就能拿下第一名。首先就以這個為目標吧。」

宇都宮聽見八神的話，即使很不情願，但還是接受了。討論於是解散。

1

隔天放學後，櫸樹購物中心的咖啡廳裡。

「秒針滴答滴答地移動，真讓人心煩，總覺得你那隻手上的手錶有點討厭呢。」

天澤看著坐在眼前的寶泉左手戴著的手錶，然後開口罵道。

「吵死了，妳不懂這支錶的價值嗎？」

「價值？這很稀有嗎？我也沒有閒到會去記住討厭的東西呢。」

「哈！就是這樣女人才無趣啊。」

他說完就笑出來，接著摸了一下手銬。

「你啊——……算了，也罷。所以你有什麼事？」

「我把妳叫出來，是要聊下次無人島考試的事。跟我組隊吧，天澤。」

「你還希望我幫忙啊？而且居然是要在無人島，你在想色色的事嗎？」

「啊？」

他皺眉瞪著天澤，但天澤完全不膽怯，回以惡魔般的微笑。

天澤緩緩放下蹺著的腳，靜靜地張開雙腿。

「想看內褲嗎？你也可以從桌子下面窺視喲。」

只要以趴在地上的姿勢，就可以看見張開的雙腿之間。

面對這種誘惑，寶泉把右手臂擺在桌上，將身體向前傾。

「妳以為我對女人就不會動手嗎？」

「完全不覺得喲。我認為你是會若無其事毆打人的類型，放心吧。」

「既然這樣就別說這些無聊話。浪費時間。」

「浪費時間啊——那麼，我就姑且問問你的計畫。為什麼要邀我？」

「因為妳具有毫不猶豫地打算讓綾小路退學的膽量。」

「哎呀，確實是吧。其他全是一些知道賞金卻什麼也不做的傢伙，或是就算有打算盯上他，卻也只採取半吊子行動的傢伙呢。懸賞兩千萬這種鉅款，通常都會盡全力擊潰對方吧？」

天澤看起來毫不愧疚，而且滿不在乎地這麼說。

「所以跟你組隊的回報是什麼？我不便宜喲。」

天澤打聽他會提供什麼，背後卻傳來嚴厲的話：

「我們應該是對等的，我以前這麼說過吧。」

是稍微晚了點前來會合的七瀨。

「對等？妳長得一臉可愛，講話卻很直呢。寶泉同學是對妳這種天不怕地不怕的地方評價很好嗎？」

她抵達桌位，三人都到齊了。

「原來如此。寶泉同學在想的小組就是這三人個啊。剩下的一個人呢？」

「沒必要。這次無人島考試勝利的不會是二年級或三年級，而是我們三個。」

「還真強勢。但高年級生和一年級不一樣，不好對付的人們似乎很多耶。」

「無所謂，我會把他們全部擊潰。」

「不過，就算寶泉同學的實力是第一名……不是說好我們一年級要四個班級合作戰鬥嗎？說到D班的主力，我覺得眼前的你們兩位都毫無疑問算在內耶。」

「判斷這點的人是掌管D班的我。妳了解意思吧？」

「意思是你要光明正大地把小嘍囉當作主力代表送進去吧。你在全方位地找人吵架呢——」

「這也要取決於以什麼當作主力。至少只要派出學力或身體能力強的學生就不會產生太大的衝突。再說，要是寶泉同學加入最強小組也會產生問題。」

「哎呀——畢竟你好像也不會玩合作模式呢。在這種意義之下或許脫離比較保險。那麼回歸正題，你們要給我多少點數？」

「我沒有要給妳點數。我剛才也說過，我們是對等的關係。當然，D班多拿的那份個人點數，我們會均等交給妳。」

「這樣你無法滿足嗎？」七瀨詢問。

「可是啊，貢獻度應該不會對等吧？我不管是無人島還是什麼考試，都有自信可以比任何人都有貢獻。考試似乎滿需要體力的，這麼可愛的小七瀨跟得上我嗎？」

「要測試看看嗎？」

七瀨對挑釁回以挑釁。天澤一度將視線移到寶泉身上，接著毫無前兆地把手伸向七瀨的臉。

可是七瀨毫不猶豫地抓住迅速伸來的那隻手臂。

試圖藉著突襲賞巴掌讓她動搖。

「真大膽呢，居然在這地方測試。」

「哇喔，原來妳也相當有能耐啊？我最喜歡很強的女孩子了。」

「妳也不是泛泛之輩。」

「不知道耶，妳也可以做更多測試喲。」

一方露出笑容，一方面無表情。

流逝一段彼此試探強度的時光。

「我跟七瀨還有妳這三人組成小組。可以吧？」

「我知道小七瀨算是有機動性，但我還是無法認為這是對等的關係耶。」

「為什麼呢？因為我們的小組三人之中有兩人是D班嗎？」

「我不在意那種事喲。個人能拿的個人點數，你們好像也願意均等分配。只不過……既然要合作，我就必須額外收取點數呢。」

天澤這麼說完就以左手握拳，然後摩擦大拇指指腹與食指指腹，做出要求小費的手勢。

「既然你們來邀請說想買下我，盡量把自己高價賣出是理所當然的吧？」

「架子還真大啊。七瀨也好，妳也好，比起八神或高橋，居然是女人比較有膽量。」

「你不知道嗎？現在的時代是女孩子比較強。」

「那我問妳。除了小組的報酬，妳還想要什麼？」

「拿下第一是當然。不過，重要的不只是這樣——」

天澤解開左手的手勢，只將拇指豎起，移向自己的頸根。

接著慢慢從右側往左側滑動。

「讓綾小路學長退學得到的點數，全都是我的。這就是組隊條件。」

「哈，妳真是來狠狠敲了一筆。這條件我無法輕易接受。」

「那我就拒絕好了——但你被我甩了該怎麼辦？要是除了小七瀨之外就沒有信得過的夥伴，特別考試上不是會很辛苦嗎？」

寶泉就像剛才天澤說的那樣，全方位地找人吵架。

而且如果是在四班打算合作的狀況下擅自組成的小組，其他學生根本不可能願意幫忙。頂多只有是個怪人的天澤。

「就算是我，要是跟你組隊，會在A班更加孤立。如果沒有相應的回報，不說YES也是當然的吧？」

寶泉與天澤的視線碰撞。

「要是把讓人退學的賞金交給我，你確實就會得不到一筆特別的點數。但我會把讓綾小路學長退學的名譽全數交給你。這樣就夠了吧？」

「我們沒必要接受。高達兩千萬點的鉅款送到一年A班，考慮到今後……」

「閉嘴，七瀨。」

寶泉制止七瀨的忠告，並繼續窺視天澤的雙眼。

「賞金就給妳了。」

「謝謝。我覺得不吝嗇的男人很棒呢。」

天澤說完就輕盈地從椅子上站起。

「正式考試就請多指教嘍。」

天澤心想既然談判談妥，久留也沒用，於是毫不猶豫地離開。

「這樣真的好嗎？」

「沒關係。」

「知道了，因為決定的人是你。但相信天澤同學沒問題嗎？我認為她是會若無其事背叛夥伴的人。」

「信任？別擅自斷定我信任她。天澤跟妳，我都不信任。」

「那麼，你為什麼決定跟她合作？」

「因為她跟那邊的廢渣不一樣。她跟妳一樣擁有深不見底的地方。」

「原來如此，可能的確是這樣。但即使如此，兩千萬仍是超乎常規的條件。」

「口頭約定之類的，總會有辦法解決。只要讓人退學的事實明確，匯款處當然也會是我。那傢伙之後哇哇大哭也與我無關。」

「我從一開始就沒打算遵守約定。」寶泉說。

「真是個過分的人呢。」

「綾小路和龍園都是，還有其他烏合之眾。來反抗我的人們，我全部都會擊潰。我似乎會非常沉迷在這間學校的不正常規則裡呢。」

「真是有夠開心。」寶泉忍不住笑了出來。

2

在暑假即將到來的七月六日。除了前去社團活動的明人，所有人都聚在離教室門口很近的我的座位附近。因為接下來約好要去啟誠的房間集合。

「綾小路同學，可以耽誤一點時間嗎？」

所有人都到齊並要離開教室時，我被追上來的櫛田搭話。

「怎麼了？」

因為最近被櫛田搭話的次數減少了，這狀態有點罕見。

即使是每月一次的匯款，基本上也只有點數上的互動。每月匯入個人點數的數目全班都共通，所以也沒有逐一確認的必要性。

「其實有一年級生說想要見綾小路同學……現在見面會有困難嗎？」

櫛田對小組裡的波瑠加等人投以抱歉的視線並繼續說：

「我覺得大概一個小時左右就會結束。我被拜託安排讓你們見面。」

「小清，什麼什麼？該不會是要被學妹告白了？」

愛里對波瑠加這種吐嘈感到著急。

「咦、咦咦！是、是這樣嗎！」

「如果是這樣感覺就不能允許了呢。」

先說出自作主張的發言，又自顧自地提出不允許。

「……是這樣嗎？」

為了以防萬一，我決定姑且向櫛田確認看看。

「咦？啊，呃……說想要見面的是男生呢……抱歉啊。」

她露出傷腦筋的表情這麼道歉。

不，這件事一點也不需要道歉。

雖然我也覺得不會有這種事，不如說我還稍微鬆口氣。

「很好啊，盡量先跟一年級交流應該也比較好呢。」

「是啊。我們的小組特別不擅長人際關係，所以清隆增加認識的一年級生似乎也沒什麼不

好。」

「先不論一年級生的目的，稍微露個臉會比較好。」他們兩人說。愛里也因為不是告白而放下心，一副願意欣然派出我的樣子。既然這樣，就我來說，也沒有特別要拒絕的理由。

「知道了。那我該怎麼做？」

「謝謝！呃——那我就告訴對方說你可以喲。」

櫛田拿出手機做出打電話的舉止。

「那我們先過去，待會兒再會合吧。」

我跟他們這樣簡單互動，並請綾小路組先回宿舍。

「抱歉啊。」

電話好像還沒接通，櫛田把手機貼在耳邊，同時又道了歉。

「這沒什麼大不了。那群人不會因為這種事就抱怨呢。」

過沒多久，她似乎就跟感覺是一年級的男生接通了電話。

「啊，喂？綾小路同學說現在可以見面。嗯，嗯。啊，這樣呀？那我在這邊等你喲。」

櫛田結束不到十秒的電話。

「他好像已經在前往這邊了。擦身而過也很尷尬，就在這裡等吧。」

說想見我的一年級生似乎已經正朝著二年級的教室前進。

「話說回來，妳好像已經跟一年級生要好起來了呢。」

「咦咦？已經七月了啊。我覺得時間很長……」

「……確實如此。」

一年級生來到這間學校已經過了三個月以上。從走廊的窗戶凝視外面，就會發現高高升起的太陽熾熱地照著地面。

現在是再沒多久就會迎來群蟬初鳴、開始大合唱的時期。從溝通能力有障礙的我來看，這只是三個月，但對櫛田來說算是一段非常充足的期間。

「綾小路同學也在一年級交到朋友了吧？」

一年級生裡有一些朋友不是當然的嗎？——她這麼說，但並非如此。

「感覺能稱作朋友的存在，目前還是零個人。」

「這、這樣啊。不過……也沒必要著急呢，現在開始也不晚喲！」

總覺得這種充滿關心的圓場讓人有點空虛。我的確跟幾個一年級生變得會交談了。可是，完全沒發展到會私下互相聯絡的關係。

因為氣氛變得很微妙，對話一度停了下來。

在我猶豫接下來要在人來人往的走廊下和櫛田聊什麼的時候，那名一年級生就現身了。

「櫛田學妹。」

從轉角現身的，是聽說跟堀北與櫛田同所國中的八神拓也。櫛田心想八神出現會是個消除尷尬氣氛的機會，於是展露笑容。

「他就是說想要見你的八神同學。」

「初次見面，綾小路學長，謝謝你撥出時間。」

因為是透過櫛田來搭話的一年級生，所以我的腦袋裡有印象。

「我記得──你是一年B班的吧。」

「是的。我是一年B班的八神拓也。」

以前發生騷動時，我作為觀眾之一也見過八神的身影，但那次沒有跟這個人物交談，事情就結束了。這是快到夏天才初次交談的狀態。

聽說他在一年B班裡開始崛起，站上領袖地位，但實際上他的勢力擴張到什麼程度了呢？待人親切與討喜的外表，而且也與高學力相結合，似乎很受歡迎。

「關於地點，站著聊也有點怪怪的，到我的房間之類的怎麼樣呢？我剛好訂到了罕見的紅茶，沖泡會花一點時間，可是非常好喝喔。」

「可以的話，請務必嚐嚐。」八神這樣推薦。

我平時沒那麼常喝紅茶，所以有點感興趣。

但能否在一小時之內結束，或許就很難說了呢。

「啊，抱歉，八神同學。其實綾小路同學待會兒要和朋友會合。可以的話希望在一小時之內結束呢……」

櫛田察覺好像會很花時間，而這樣迅速替我圓場。

「原來是這樣，沒關係。那麼我們就在櫸樹購物中心的咖啡廳裡說吧。」

八神好像有點遺憾，但察覺我的狀況後，還是欣然答應。

「那麼，走吧，綾小路同學。」

我輕輕點頭，決定跟櫛田與八神兩人一起前往櫸樹購物中心。

「說起來，無人島的特別考試快開始了呢。櫛田學姊你們去年也經歷過相同的考試嗎？」

「嗯，當時很辛苦呢——」

「能告訴我當時有什麼規則，以及發生過什麼事嗎？因為我們一年級生沒經驗，所以我想至少蒐集一下資訊。」

「是沒關係……但我不知道會不會派上用場喲。這次跟去年的規則好像完全不一樣呢。」

「這個我了解。畢竟三年級和櫛田學姊你們似乎就是不同的無人島考試。」

「三年級他們也考過無人島考試呢。」

「好像跟學姊你們一樣都是在一年級時經歷。以往在學期間似乎只會舉行一次無人島考試——但不知道今年是特例，還是從今年開始就會改變。」

看來八神遠比我們擁有更多資訊。

「覺得不可思議嗎——我擁有三年級生的情報。」

八神對默默聽著的我這麼說。

「因為我加入了學生會。我順勢問了南雲學生會長，他就親切地告訴我關於前年無人島野外求生考試的事。聽說當時是班級內各成立四組，合計十六組互相競爭。」

與我們經歷過的無人島野外求生特別考試，是不同的規則。

應該可以視作除了部分例外，基本上不會舉行相同的特別考試。

「二年級生度過怎樣的無人島考試，或許當中會存在提示。」

就算我和櫛田在此徹底隱瞞八神，顯然也會有人告訴他。大概沒必要貿然隱瞞。倒不如說，櫛田不可能不回答。

果不其然，她開始仔細說明了去年的無人島野外求生。

我沒說出這點，邊聽著對話，邊跟在他們兩人的稍後方。

3

說完二年級生考過的無人島野外求生考試內容時，櫸樹購物中心的咖啡廳就近在眼前了。

原本預計會順利進去咖啡廳，卻碰到了預料之外的情況。

「看來人滿為患呢。」

咖啡廳座位滿了，門口附近也有學生們候位的身影。

「怎麼辦呢？要去二樓那邊看看嗎？」

「請稍等。」

八神掏出手機用左手拿著，開始做起某些操作。

「我剛才跟朋友確認過，二樓的咖啡廳也一樣擁擠。如果都要等的話，這裡也只要等兩組，要不要選擇這邊呢？」

他好像跟在咖啡廳裡喝茶的朋友傳訊息取得了聯絡。

不願浪費時間而快速判斷。八神在我們同意的同時，注意到了背後接近而來的學生。好像是因為要是慢吞吞的話又要多等一組，於是八神就這樣握著手機，並用空著的那隻手拿起筆，在咖啡廳門口的板子上用很漂亮的字記下自己的姓氏與人數。與其他學生們在上面寫上的潦草文字相比，更是顯著。

「哇，八神同學的字寫得真好呢～」

看著他寫字的櫛田會這麼誇獎也難怪。

被稱讚的八神開心地微笑。

接著為了排隊，我們三人移動到附近設置的椅子。

「我的爺爺教過我——就算不會念書，也要把字寫得漂亮。」

「爺爺？」

「嗯，因為我爺爺在當書法老師。」

「好厲害喔，我不太擅長寫字。」

櫛田這樣謙虛，但就我看過好幾次的記憶裡，她並不是特別不擅長。即使沒有八神這種洗鍊的好字，該說那也算是很女孩子的圓形字體嗎？我記得她寫字很漂亮。

話說回來，八神這名學生沒有對自己能力之高驕傲自滿。雖然他說「就算不會念書」，但他在OAA上的學力也有受到非常高的評價A。不會讓人感到不愉快的資優生——總覺得這感覺跟洋介有點重疊呢。

過了不久，因為四人用的桌位空出來了，所以我們點完餐就坐到了座位上。

「其實——或許綾小路學長會覺得現在太遲了，但我還是有事想先告訴你。在一年級們之間，只有一群極為限定的學生被告知特別考試，這個你已經知道了吧？」

櫛田似乎沒有聽說任何事前說明，一臉感到不可思議地聽著八神的話。限定的特別考試，當然就是指會支付給讓我退學的人兩千萬點的特別考試。就八神的語氣來看，他不是聽過傳聞的程

度，而是確實知道的樣子。不過為防萬一，我決定觀察他的態度。我不肯定也不否定，而是等待八神繼續說下去，八神就回應似的點一下頭。

「我是四月的階段聽說這件事情的。不過，我對於陷害某人才可以獲得的報酬不感興趣，所以完全沒打算參加。」

事實上八神就完全沒接近過我。如果多少有放在心上的話，即使曾經對上一兩次眼也不奇怪。不過，我至今都沒感覺到他有意識到我的存在。

「為什麼你會想把這種事告訴我？」

「我最近聽說寶泉同學搶先出手卻以失敗告終。然後，也聽說他就是綾小路學長左手受傷的原因。如果是他的話，就算採取非人道的行動也不足為奇，可是他似乎用了遠遠超乎我想像的手段呢。」

「這個嘛，我不否定。」

櫛田一直來回看著我和八神，側耳傾聽打算理解自己不太懂的話題。這樣下去八神應該會全盤托出。

「我會打算告訴學長……其實還有另一個理由。」

不過，八神沒有打算馬上說出另一個理由。

「即使在保護一年級的意義上，我也打算當個徹底的旁觀者。可是如果就這樣放著不管，綾小路學長……視情況而定，我判斷甚至可能波及身為你同學的櫛田學姊。所以才會拜託學姊安排這個場面，打算把一切都告訴你。」

聽著這些話的櫛田一臉抱歉地舉起左手提問。

「不好意思，我完全不懂是怎麼回事……」

「我可以直接說出來嗎？」

「我沒權利阻止呢。」

畢竟八神會讓櫛田一同出席，好像就是在擔心櫛田呢。我在這裡說不行，若八神在我不知道的地方告訴她，結果也是一樣。

「那麼也為了讓綾小路學長知道一切，我會從頭開始說明。事情始於南雲學生會長的聯絡。我們接到指示要決定一名或兩名各班代表人，並在學生會辦公室私下集合。實際上被叫過去是在入學後沒多久的那陣子。」

八神說出「學生會」這個關鍵字。

「至於在那地方集合的一年級生，一年A班派出的是高橋修同學與石神京同學；一年B班派出的是我；一年C班派出的是宇都宮陸同學；然後一年D班是寶泉和臣同學和七瀨翼同學。參加的共計六人。」

如果這是真的，就是很寶貴的資訊。一年C班的那兩人，之前不是出於單純的偶然找我攀

談。但我最在意的就是沒有出現天澤的名字。

「特別考試的內容，就是讓二年級的綾小路學長退學。」

「咦！讓綾小路同學退學嗎？」

八神對輕聲說話且驚訝的櫛田點頭，然後繼續說下去。

就我看見的櫛田，她沒有那種事前就知情的可疑舉動。

「不論手段為何，期限是第二學期開始為止。還有，我們被忠告不要跟在場的六人以外說出這場特別考試的內容。我和宇都宮同學是一個人參加，所以為了公平，我們被允許從同學裡挑一人講，不過我並沒有告訴任何人。宇都宮同學有可能告訴了誰。」

總之，目前一年級的六至七人都理解這場特別考試。

「身為學生會長的南雲學長對我們六個人說過——會支付讓綾小路學長退學的學生兩千萬點。」

「好、好大一筆點數……這、這種事會被允許嗎？」

這是任何人聽見都會吃驚的考試內容。雖然今後也會伴隨可以信任八神到什麼程度的問題，但現狀下似乎沒有在說謊。倒不如說如果在說謊，之後露出破綻的話，八神跟我的關係就會變成最糟的狀態。要是二年D班遭受損害應該也會波及櫛田。

「櫛田學姊會驚訝也理所當然。四月的時間點，我們對這間學校還沒有很深的認識，但現在的話就很清楚了——清楚這是很異常的特別考試。就是因為這樣判斷，所以我才像這樣請學姊安排這個場面。」

八神似乎做完一定程度的說明，他吐口氣，把杯子拿近嘴邊。

櫛田知道我的退學攸關高達兩千萬點，就詢問八神：

「學生會長居然獨自舉辦特別考試，這不是有點奇怪的事嗎……？」

「是啊。我想把這理解成是表達上的問題會比較好。雖然我淺顯易懂地主張這是特別考試，但這主要是南雲學生會長獨自出課題給一年級生——理解成這樣說不定比較好接受。」

南雲有可能參與此事。堀北也有把這作為刺探的目標。不過，我原本以為他不會輕易露出馬腳，卻有意外的人物走漏情報。

「為、為什麼會是綾小路同學呢？沒有其他學生也一樣嗎？」

「就我聽說的，只有綾小路學長呢。至於為什麼是綾小路學長，我認為沒有很深的理由。因為南雲學生會長說完全是二年級裡隨機挑選。意思就是單純是抽中那個一百五十七分之一呢。」

八神不知道南雲的背景，這也是他無從得知的事。

對於隨機決定，他好像毫無懷疑。當然，特地準備像是抽籤的那種東西，並偶然選到我的可能性也並非為零，但從狀況來看，這種事應該不可能。

不過，南雲會特地為我準備高達兩千萬的鉅款嗎？就他截至目前來接觸我的狀況，很難想像

他是會做到那種地步的男人。不對，正確來說是他若決定要做，就什麼都會去做吧，但他對我的評價應該沒那麼高。

「即使是學生會長個人發起的特別考試，虧他能準備多達兩千萬的點數耶。」

我為了刺探未來潛藏的可能性，而嘗試對八神指出這點。

「對啊，雖然說法有點不好……但或許也可能是騙人或開玩笑吧？難以相信會對這種讓人搞不太懂的考試付出兩千萬點呢。」

就算是櫛田，似乎也對兩千萬這過度龐大的點數感到傻眼。

即使學生會長突然說會付出那種點數，通常也都會懷疑。

「點數的確相當高呢。現在的話我就知道要存下那麼多的個人點數有多麼辛苦。但當時我們一年級生才剛入學，如果對方是三年級生，又是學生會長，而且又是A班的人，比起普通學生，我們當然會更信任他。最重要的是，因為我當時有『理應會擁有那麼多點數吧』的天真理解。」

雖說今年的點數稍微下降，但入學時有給予全體一年級八萬點，而且還是每個月都會匯入。漂亮且設備完整的宿舍，外加幾乎是學生專用的櫸樹購物中心、豐富的商店。學生就像是被丟入了遠離塵世的世界。去年的我們也親身體驗過金錢概念一口氣失控的感覺。

「畢竟他也實際讓我們親眼確認了自己持有兩千萬點。」

如果是南雲那種程度的男人，就算存了筆鉅款也不足為奇。

「但你們不會對於參加學校沒有公認的特別考試有點抗拒嗎？」

「假如撇開對特別考試內容的厭惡感，我完全沒有那種情緒。我認為除了我之外的學生全都很歡迎，覺得這是正當的特別考試。」

「不，我們不是信任南雲學生會長才接受特別考試。」

「咦……？」

「我從來都沒聽過學生會長會出特別考試呢。」

「學生會長宣布的時候，代理理事長作為見證人，也有一同出席那個場面。」

最可能有關係的月城的存在，在此公開。

「這個狀況就算不懷疑，把它當作特別考試接受也是情有可原，對吧？」

確定兩千萬點的背後有月城與南雲牽涉其中。

「要是有代理理事長在場……嗯，說得也是呢。」

讓學生退學的特別考試。如果只聽見這些，應該也會有學生覺得事情不得了，並且抱著諸多懷疑。可是，代理理事長的存在消除了那些懷疑。

「以上就是關於這件事，我所知道的資訊。」

「雖然你告訴我這些難能可貴的情報，但你把這些告訴我，自己說不定會很危險。」

這些令人感激的建言，對八神來說沒好處。

「你沒關係嗎？要是這次的事曝光……」

「沒問題喔，櫛田學姊。畢竟我沒聽說要是說出去會受到什麼懲罰。」

八神不顧擔心，露出了笑容。

「再說，我也做好覺悟會在一年級之間被討厭。因為我跟別班學生本來遲早都會有衝突的命運。」

他似乎已經有充分迎擊的覺悟。一年B班的八神拓也應該是以專守防衛為基礎，但仍是視情況行使預期性自衛權的那種人。

可是，八神對狀況掌握到什麼程度並不明朗。一名女學生在咖啡廳的一隅，她混入了眾多學生們之中，不時往這裡看過來。因為剛好位在八神背後那側，八神應該沒發現到吧。

一年C班的椿櫻子。我們開始說話沒多久，她就出現在店裡，然後在人滿為患的店內成功占到恰到好處的位置，並從座位上監視我們這邊。

然後拿著手機，似乎在跟某人說話。

她的目的是我……還是我眼前健談且從容的八神呢？不論如何，椿也知道我和八神接觸過了。不知是偶然還是必然，這狀況對八神來說應該不是很理想。在學校這個狹窄的用地裡，再怎麼說都很難躲過監視。就算靠自己的力量無法完全追蹤，但光是班級團結一致，還是能網羅廣泛的範圍。這也是一年級們展開了一年級們的戰鬥的證明。

「請小心喔，綾小路學長。其他人也很可能像我這樣打破不能告訴別人的規則，跟夥伴洩漏這次的特別考試。」

「考慮到這點，你認為我該提防的人是誰？」

「我想想。一般來想，一年D班的寶泉同學就是你應該提防的人物。因為會做出把規則置之度外的戰鬥方式的對象相當棘手。」

在同為一年級之間，寶泉的存在也強烈地被認知為危險人物。

「但若要刻意只指名一個人的話——」

八神這樣說到一半，就對於說出後續有所猶豫。

「不對，我就先不說了。」

「咦，為什麼？我很好奇呢。」

八神微露苦笑，然後說：

「因為總覺得這不是該對綾小路學長和櫛田學姊你們二年級說的話。要是我在這裡舉出要提防的人名，學長姊們當然就會特別注意對方。我認為這件事很重要，可是我想這樣可能很不公平。雖然我剛才依然對寶泉同學做出了很抱歉的事。」

如果他說哪個班的哪個人很危險的話，我和櫛田的確就會警戒。

應該也可以把這些重點告訴班上，並且先做好準備。

「而且我還不確定。只是隱約猜測對方是危險人物。」

八神好像認為即使是競爭對手，也應該公平比賽。

「下次的特別考試，我會先試著刺探情報。之後真的認為對方是危險人物，我打算到時再告訴綾小路學長。」

八神答應會親眼確認再警告我。

「你要小心喲，八神同學。」

「好的。還有……那個，無人島考試結束後也沒關係，之後能找時間單獨見面嗎，櫛田學姊？我有話要告訴學姊。」

「呃，嗯。知道了。你要告訴我什麼呢……」

櫛田像這樣打迷糊仗，即使是對這種事有點遲鈍的我也隱約察覺了。

八神看著櫛田的眼神，與單純看學姊的眼神不一樣。

「總之，你的情報真是幫了大忙。感謝你。」

「不用謝喔。我也是覺得只有綾小路學長吃虧是很奇怪的事。」

「也讓我說聲謝謝吧，八神同學，真的很謝謝你。」

「妳能這麼說就很足夠了。要是綾小路學長退學，櫛田學姊的班上也無可避免會受到重創。我也真心希望妳能在A班畢業。」

像這樣跟我長時間交談的一年級生並沒有那麼多。

即使在這之中，八神也特別看起來只像個普通的資優生。

我總是抱著對方可能是White Room學生的想法，接觸各式各樣的學生，但他在截至目前的一年級生裡最讓人感受不到不自然。他目前也沒有對我發起特別的行動，豈止如此，還不吝惜地交出幫助我的情報。

當然，就算這樣我也不會把他當成沒有嫌疑。雖然不會當作沒有嫌疑，但如果八神是White Room的學生，我反而會覺得不希望與他為敵。

我很懷疑在那個設施栽培的人，能否在短期內態度變得這麼自然。

總之，我現在就心存感激地利用從八神那裡獲得的情報吧。

「人開始多起來了呢。事情也說完了，那我就先走一步。」

「你有什麼事要辦嗎？」

「沒有，因為我想避免貿然被其他一年級生盯上。」

雖說現在為時已晚了，但他是該這麼做呢。我再次答謝並與八神分開。

後來，這地方剩下我和櫛田。

「妳有個不錯的學弟耶，櫛田。」

「嗯，我都覺得好到很浪費了呢……不過，這不是我希望的發展。」

她這麼說完，就用食指滑過杯緣。

我沒有主動說出來，但櫛田在思考什麼，根本想都不用想。

如果出身同所國中，可能知道櫛田的過去。

「他知道喲——八神同學。」

櫛田把我好奇的答案輕易告訴了我。

「這樣好嗎？告訴我這種事。」

「就算他不知道也一樣。」

「換句話說——」

「我必須趁早讓八神同學消失呢。」

櫛田一邊低語，一邊看著我，眼神裡充滿堅定決心般的意志。

八神明顯很仰慕櫛田，但她還是抱持八神是敵人的認知嗎？

她好像絕不會抱著善意看待知道自己過去的人。

「要剷除學弟，會比剷除堀北或我還要困難喔。」

「應該要看做法吧？」

語氣簡直像是已經想到了其中一個戰略。

「因為越是對自己優秀引以為傲的人，其實就會越單純且沒意思喲。堀北同學跟你都不例外。」

「妳不是有跟我結下停戰協定嗎？」

「目前是呢。」

我原本就不打算放下心，不過櫛田看起來可是幹勁十足。

「但我一直輸，所以『目前』很安分喲。」

櫛田這麼說完就拉開椅子，也做出要回去的舉止。

「回頭見嘍，綾小路同學。」

「嗯。」

因為也沒什麼理由留住櫛田，我就這樣目送了她。

我知道的新情報，就是櫛田正在祕密進行某些戰略。

4

和櫛田與八神分開後，我順路去了超商。

因為我打算在跟啟誠他們會合的時候帶些慰勞品去。

然後，另一個是為了讓在背後與我保持距離的人物有機會來接觸。

我決定隨意買幾個零食和瓶裝飲料。

「不好意思～～」

語氣拖得很長的聲音。

我在超商結帳，一年C班的椿就從我身後來搭話。她好像為了表明自己也是來購物，形式上握了一支棒棒糖。

「妳是椿，對吧。找我有什麼事嗎？」

我沒提到她在咖啡廳的事，並這麼反問。

「我有些話想說，能不能在外面等我一下呢？」

椿看起來有點沒幹勁地結完糖果的帳。

的確也不能在收銀檯前面聊天，我決定乖乖在超商外面等她。

我等了一會兒，她沒有要出來外面的跡象。回過頭看，發現椿只是往我這邊看著，並正用手機跟某人交談。

明明就讓別人等著，她還真是大膽耶。

「久等了。」

椿用纖細的手指撥開糖果包裝紙，邁步而出。

就方向來講，是面向宿舍的方向。

「所以，妳有什麼事？」

「因為我有一件事打算這次見到你就要傳達。」

她打算傳達什麼事呢？

還以為椿會馬上說出來，但她就只是舔著糖果，不打算說出口。

比起在意我，她更強烈意識著前方。

「是宇都宮嗎？」

我說出現在的我可以想像的學生名，椿就停下舔糖果的舌頭。

「我好像猜對了呢。」

「他說會立刻過來我們這邊。」

她剛才在咖啡廳裡交談的對象，好像果然就是同班同學宇都宮。

過沒多久，就像椿說的那樣，宇都宮往我們這裡走了過來。

他簡單點頭致意，完成會合。

「不好意思，以這種形式找你說話。」

「究竟有什麼事？」

是關於八神，還是關於之前的特別考試呢。

「是有關寶泉和臣的事。」

可是這裡出現的卻是意想不到的學生名。

「綾小路學長，你在四月底的考試上跟寶泉組隊，對吧？」

曾經尋找二年級搭檔的椿。

雖然來說希望跟我組隊，但是被我拒絕。

「我沒想到先約好的人居然會是寶泉。」

「這麼意外嗎？」

「你也已經知道D班不會輕易合作了吧？這次的無人島野外求生考試的分組，他們直到最後都展現出不合作的態度。」

他應該很清楚閉門不出不會有利。

寶泉卻好像毫不動搖，態度一直很強硬。

「然後呢？」

「我們想要在無人島野外求生上讓寶泉嚇得措手不及。」

他原本禮貌的語氣變得粗魯，用力抿起了嘴。

「可是現在還不清楚具體的考試內容，就連是什麼規則都不明朗呢。」

「這個嘛……確實不保證可以對別隊做出某些找麻煩的行為。但既然確定會競爭，我推測會有某些事互相干涉喔。」

這推測無疑是肯定的。

畢竟小組對抗小組這圖示是確定的。

「寶泉現在沒有多少個人點數。換句話說，假如在早期就讓他退出，就算一年級生懲罰很輕，寶泉也無法付清。」

這麼一來，一年D班的寶泉和臣就會不得不退學。

「意思是你們想把寶泉逼到退學嗎？」

「沒錯……對，是的。」

「我就姑且問問理由吧。」

雖然敬語七零八落，但宇都宮還是毫不猶豫地回答。

「一年C班有個叫做波田野的男學生被退學。我推測寶泉同學有涉及這件事。」

他甚至還指了名，應該有蒐集到一定的線索。

「意思是要報仇嗎？」

「說沒有心懷怨恨，當然是騙人的。不過，重要的是不要有人不小心退學。」

「是啊，畢竟拜此所賜，班級點數也扣了一百。」

椿把糖果塞在嘴裡，感到很無趣地低語。

「雖然知道理由了，但你要怎麼把這跟我做連結？」

「寶泉基本上不會跟任何外人一起行動。不過，他卻跟綾小路學長組隊。」

意思是他會接觸我，就是推測這裡存在某些寶泉的弱點。

看宇都宮的態度，他似乎是認真打算打敗寶泉。

椿沒有展現那樣的態度，但應該是要協助宇都宮吧。

否則，就不會擔任讓我和宇都宮見面的中間橋梁。

「請助我一臂之力。」

「在連考試內容都不知道的狀況下，我無法答應耶。」

「那麼，能請你先把合作的事記在心上嗎？假如可以讓寶泉在早期敗北並退學……屆時我會支付相應的報酬。」

他好像很欣賞我，但我也有不少地方難以接受。

「你就不考慮我是寶泉的夥伴嗎？既然會組成隊友，我們也可能有一定的交情。你不覺得剛才你告訴我的事，會有我告訴寶泉的疑慮嗎？」

再怎麼說，他都毫無防備地過於全盤托出。

「這——」

宇都宮在此才看向椿那邊。

我也接連看向椿。

糖果開始變小，椿露出有點寂寞的表情。

我不知道她有沒有發現我們兩個的視線集中。她盯著糖果。

不久後就開口：

「你左手的那個傷，難道不是跟寶泉同學起糾紛時受的傷嗎？」

她這麼發言，開始用舌尖舔糖果。

「妳為什麼會這麼想？」

「因為我們也曾經盯上兩千萬點的賞金。」

椿毫不愧疚，並承認般地說。

「原來是這樣。意思是你們也是特別考試的參加者啊？所以才假裝在找搭檔並接近我嗎？」

這是已經從八神那裡得到的資訊，但我還是假裝不知道地應對。

另一方面，椿也完全沒有提及我跟八神接觸過。

「就是這樣。」

「但就算我之前跟椿組隊，你們也沒有讓我強行退學的手段吧？」

放棄考試就能讓我退學，但椿也同時會被退學。

「這我可能無法回答呢。」

至今我都以為這兩人中宇都宮是智囊。

但看這情況，可見不是如此。

「這點我要向你謝罪。不過，我們已經收手了。」

「為什麼？」

「就算可以讓你退學，這件事也會瞬間傳遍校內。然後無疑會與二年D班為敵。因為對於同學被逼得退學而心懷怨恨是理所當然。」

「正因為我們自己的夥伴經寶泉之手而退學，我才會察覺到這點。」宇都宮說。

「既然這樣，讓寶泉退學不也是一樣嗎？」

「應該不會。因為一年D班很怕寶泉。倒不如說，我認為希望他消失的同學會比較多。」

意思就是既然不會招惹怨恨，就要不客氣地執行。

「總之，請你先記住。記住我們只是想要打倒寶泉。」

宇都宮再度強調這部分，就偕同椿返回一年級宿舍。

一年C班這次和上次都來接觸我，他們的動作我卻無法掌握任何資訊。

但和White Room學生的關聯性依舊不透明。

總之我就維持警戒，並先記住寶泉的事吧。

5

雖然堀北加入了學生會，但我之後都沒收到新的情報。

南雲個人的想法先姑且不論，但學生會的營運似乎非常健全。

狀況開始有變化是在週末——剩下一週組隊就要結束時的事。

從副會長桐山把我叫出去拉開序幕。

桐山支持畢業離開的去年的學生會長堀北學，原本抱著阻止南雲失控的目的，但結果狀況並無好轉，時間就這樣流逝而去。

桐山恐怕也放棄了。

我原本是這樣想，想不到如今他卻來約想跟我個人見面。

但在平日放學後的白天光明正大叫我出來，是在打什麼主意呢？

假如要瞞著南雲，選擇深夜或早上也不奇怪。

如果打算謹慎行動，就該這麼做。

就我來說，這也不是需要由我特地指出的事，所以我就直接答應。

接著到放學後，我就前往櫸樹購物中心與桐山順利會合。

「看來你來了呢。」

「副會長找我究竟是有什麼事呢？」

「別這樣趕著要結論，今天會占用你久一點的時間。」

桐山這麼說完，就引導我往前走，而我也配合地邁步而出。

「月底會開始大規模的無人島野外求生特別考試，你準備好了嗎？」

還以為他要說學生會的事，結果提出的是特別考試的話題。

「我認為自己有盡己所能。桐山副會長你呢？」

「我組成了排除A班的三人組。」

換句話說，他避開能縮短與A班差距的嚴苛戰鬥嗎？

三年級的話，他們與A班的差距比二年級更大。如果要留下逆轉的可能性，班級單獨拿下前幾名就是絕對的條件。

「我知道你在想什麼。如果接下來我們三年B班要以反撲為目標，班級獨得第一名會是必要條件。而之後的特別考試，只能以壓倒性的差距不斷獲勝才會出現勝算，但這實在太不實際了。」

如果這狀況下輕鬆就有奇蹟發生，一開始就不會被迫處在困境了吧。

「我在這次的特別考試上，想要對南雲挑起個人的比賽。」

「個人的比賽嗎？」

「我們敗給跟南雲的比賽，掉到Ｂ班已經很久了。然後那傢伙當上學生會長，正漸漸掌握全體三年級還有全校。作為班級的競爭已經可以說是結束了。」

「是啊，我也這麼想。」

多數三年級都跟隨南雲，不外乎就是因為放棄去Ａ班。

「但就我個人來說，我不認為自己不如南雲。」

這名叫桐山的三年Ｂ班學生，在ＯＡＡ留下很高分的成績。整體都在Ｂ＋以上，沒有弱點。我也能理解他對自己有自信。但南雲雅在綜合能力上又更甚於他。他至今的強硬態度可以說是與實力相稱吧。

不過ＯＡＡ也確實不代表一切。學校也存在無法最大限度發揮實力的學生，機智和靈感也很難以數值呈現，再加上也有學生擁有無法在ＯＡＡ上反映的特質或才能。

如果桐山推測能贏過南雲，那他應該就有某些勝算。

「我可以不問班級地組成最多六人的小組。為了取勝而洞察必要人才的眼光，以及實際上能拉攏那些人材的手腕——我不認為自己在這些地方會輸給南雲。」

儘管特別考試是年級別，但還是擁有可以和同年級戰鬥的雙面性。

這場無人島野外求生，似乎是桐山所剩不多的機會。

「我了解話題的走向了。不過，這不是需要特地跟我報告的事吧？」

難以想像先告訴我會有好處。

「我不想被阻礙。」

「就算學生會長與副會長在無人島上戰鬥，我也不感興趣。」

「這個我知道。我想說的是，不希望被局外者多餘地攪亂。」

「局外者？」

「我是指加入學生會的堀北鈴音。」

「原來是這樣。看來她被當成了搗亂者。但我算是繼承前學生會長的意思，才會把身為妹妹的堀北鈴音送進學生會呢。」

或許在桐山心裡，這種事已經無所謂了。

也為了確認這點，我決定直接問問看。

「已經沒意義了。他作為學生會長的任期也只剩下幾個月。如果接下來還能做些什麼，就不會是把他拉下學生會長，而是只在個人之間分出高下。」

「既然你希望這樣，那不就好了嗎？」

希望在個人之間好好分出勝負不是件怪事。

問題是這件事與我的連結。

「你讓堀北學長的妹妹加入學生會，是為了監視南雲吧？」

「要是說完全沒有這個目的，就是騙人的，但大部分理由在於別處。就像堀北在南雲學生會長面前說的那樣，那是她為了通過哥哥走過的那條路。」

「既然這樣，意思是她已經不會妨礙南雲了嗎？」

「只要堀北不認為南雲是障礙。」

「這可不行。徹底放棄打算對南雲做些什麼的想法吧。這樣下去只會產生無謂的競爭。」

他似乎是要撤回前言，要我回到原點。

這件事就我來看原本就很無所謂，現在只是萌生了想在附近看一看南雲要做的事的心情。要是堀北判斷行為不對，那傢伙恐怕就會前去對抗。對於這點，他在這裡表示因為是在白費力氣，所以叮嚀我別這麼做，就會是件奇怪的事。

「我會先記住桐山副會長你說的話。」

我打算先以「有聽見忠告」這個程度的回應息事。

桐山似乎不喜歡這種半吊子的應對，露出有點不服氣的眼神。

「我認為自己有委婉且溫柔地叫你什麼都不要做。」

「我也認為自己有委婉地表示理解你說的話。」

「既然這樣，我要你在這裡發誓什麼也不會做。我可以這麼解釋吧？」

「怎麼解釋是你的自由，但我什麼都沒說喔。」

持續著白費力氣的狀況，總是很冷靜的桐山變得有點粗暴。

「我和堀北學長有聯繫，南雲也隱約察覺到了。但正因為我對南雲言聽計從，所以他現在才願意靜靜旁觀。光是堀北學長的妹妹加入學生會，就是很棘手的狀況了，要是還讓你做出多餘的事——」

「桐山副會長你的處境就會很危險嗎？」

「……對。」

這就是像這樣把我叫出來，特地提醒我的目的。

表面上是在擔心我這邊。

不過其實是出於為了保身。

當然，我不會說這是壞事。

我也不打算對於南雲與桐山之間贏家與輸家已定的關係提出不滿。

「你變得想要南雲提倡的那個誰都能在A班畢業的機會了嗎？」

「唔……」

前學生會長堀北學，以班級勝出為前提的方針。

不對，這是直到去年為止的學校方針。靠那樣不可能贏過南雲率領的三年A班。

事實上，桐山在B班畢業也等於是註定的事。

但如果服從南雲，並以個人實力為中心勝出，狀況就會有所不同。

若是還算優秀的桐山，他個人應該就有可能升上A班。

雖然他說想在無人島野外求生上與南雲個人比賽，但到頭來也只是為了蒐集個人點數，並擠進前幾名而已。

就只是為了不讓我或堀北妨礙他，才把這些講成委婉的場面話。

實際上，他大概不會對南雲做出下戰帖的那種舉止。

「這會很奇怪嗎……想在A班畢業。」

雖然一點也不奇怪，但桐山還是繼續說下去。

——為了保護自己的尊嚴。

「進來這間學校卻在A班以外的班級畢業有什麼意義？我不想跟那些明明擁有才能卻放棄戰鬥的人抵達相同的末路。我絕對不會跟現在聚集無能學生和怪人的B班一起沉淪。」

這是學聽見會失望的事嗎？

還是說，他會淡然地說自己一開始就知道桐山這種脆弱的地方呢。

「總之，你應該明白我想說的了。」

「非常明白。我也明白堀北加入學生會時，其他學生會成員都是事後才介紹，卻只有你一起出席的理由。」

意思就是他非常擔心我或堀北多嘴說些什麼。

「隨你怎麼說——」

「桐山。」

我們對話途中，附近傳來這樣的聲音。

桐山被呼喚名字，卻不打算立刻反應。

「桐山。你沒聽見嗎？」

對方又再次比剛才稍微大聲了點。

「還真是說人人到呢……」

他這樣自言自語，雖然好像很不情願，但還是重新面向聲音的方向。

坐在長椅上的人物，是三年級的女生。

她蹺著腳，展開雙手放在長椅的椅背上，好像很放鬆。

我推敲了自己在ＯＡＡ上看過的長相、姓名，還有能力。

她是——三年Ｂ班的鬼龍院。

「找我有什麼事？」

明明應該是同班同學，桐山卻就這樣一臉不滿，表情沒有改變。

看來兩人不是很合得來。

「呵呵，因為你好像跟有意思的學弟待在一起，所以我就搭了話。」

鬼龍院這樣說完，就把視線移到我身上。

「你是綾小路清隆吧？你在題目很難的數學上考滿分，好像變得很有名。」

「這與妳無關，鬼龍院。」

在我發言前，桐山就語氣粗魯地說。

桐山打算跟鬼龍院保持距離，強行邁步而出。

「你在幹嘛，綾小路？要走了。」

桐山呼喚了不打算移動的我。

「跟那種男人共度時光，也不會有任何好處喔。」

我夾在兩名三年級之間，左右為難。

聽哪一邊的意見才是正確答案呢。

老實說，我兩邊的意見都不想聽……

「比和妳待在一起更有意義。」

「決定這點的是綾小路吧？桐山，你能趕快離開嗎？」

鬼龍院冷笑一聲，就維持這樣的姿勢繼續說：

「要不要跟我單獨聊些有意義的話題？」

「……唔。」

比起被冷漠對待，桐山更不喜歡被介入的樣子。

「你可以無視那個女人。」

他加強語氣，這麼警告我。

「她跟你一樣都是三年級生，我不能這麼做。」

「……那傢伙是鬼龍院，跟我一樣都是B班的人。」

「我在OAA上看過。她是得到高評價的學生呢。」

「只有成績是這樣呢。但鬼龍院完全沒有像南雲那樣的後盾，沒有任何像樣朋友。」

所以就算無視，也不會有任何傷腦筋的事——桐山說。

「別這樣誇獎我，我會很難為情的耶。」

明明完全沒在誇獎鬼龍院，她卻無畏地笑了。

「以你們的年級來說的話，她就跟高圓寺很相似。發言和行動都一樣，光是認真奉陪就是在浪費時間。」

極為意外的人名被拿來打了比方，真教人難以置信。

高圓寺六助在某種意義上擁有能說是獨一無二的特殊性格，想不到她會是類似的人。不過，看來的確是性格特殊。

我在湧現興趣的同時，也不禁覺得最好別扯上關係。

不過，鬼龍院的成績在學力與身體能力上都是A＋。

所有學年裡這兩項都獲得A＋評價，即使男女生加在一起也就只有鬼龍院。

就社會貢獻性來講也是沒有很低的C＋，唯一的缺點只有靈活思考力為D。

如果只看單純的成績，她也可以說是校內的第一名。

「怎麼啦？你不過來嗎？」

「我在叫他耶。」

「不過來的話，我就會過去，不過這樣沒關係嗎，桐山？」

「……就是因為有這種人，我才會不得不待在B班。」

桐山小聲說。

「如果你有優秀的同學，不是也能對抗南雲學生會長嗎？」

「我不就說過她跟高圓寺一樣嗎？她作為一個人已經沒救了。她除了自己的成績之外，三年裡對我們班上毫無貢獻，都只有單獨行動。只會恣意妄為地插嘴。是班上的異類。」

如果就OAA上來看的話，她確實維持著優異的成績，但我至今都沒有從別人那裡聽過她的名字。如果她是南雲或畢業的堀北學會注目的那種人，就算聽說過也不奇怪。

「謝謝你的讚美，桐山。」

「唔！」

從長椅上站起的鬼龍院，在桐山的耳邊呢喃。

想不到她的個子很高。似乎超過了一百七十公分。

從優異的體格可以窺視身體能力之高。

三年級裡居然有擁有這種氣質的學生。

我想起剛才與桐山的對話。

他說過——絕對不跟現在聚集無能學生和怪人的B班一起沉淪。

這名鬼龍院，應該就正是符合「怪人」的人物。

「要說就快點說。」

「我當然會這麼做。不過，你很礙事，桐山。」

「……隨便妳吧，我要走了。」

桐山好像不打算跟鬼龍院坐在一起，決定結束談話。

「別忘了剛才的事情，綾小路。視情況而定，我也會變成你們的敵人。」

我聽取了副會長這番寶貴的話。

原本應該這樣就能回去，但這次的對象卻是同為三年B班的鬼龍院。

「站著聊也有點奇怪，坐在長椅上吧。」

「是……」

鬼龍院這麼說，邀請我到長椅上。

可以的話真希望她快點釋放我。

「所以，妳要跟我聊什麼？」

「什麼都可以。可以讓我探究你是怎樣的人就夠了。」

「探究嗎？桐山副會長說過鬼龍院學姊妳不會為班級貢獻。換句話說，就是因為不管班上怎麼樣，妳都不感興趣，對吧？」

「感興趣與合作毫無關聯性吧？同學中也存在很有意思的人，我偶爾也會像現在這樣友善地搭話。」

有道理，她說的確實沒錯。

「我對這間學校以A班為目標的制度沒有興趣。雖然在A班畢業的話，可以在任何地方升學、就業，好像就是最大的賣點，但我很確定憑自己的實力就有辦法呢。我會把這裡選作升學地點，也只是一時興起。」

她話裡的種種地方，的確讓人不禁感受到近似高圓寺的氣質。

對自己壓倒性的好評。

以及像是在佐證這點的學力、身體能力A＋的評價。

「要是妳事先知道學校機制的前提是合作，妳就不會選擇這裡了嗎？」

「沒這回事。我很喜歡這間學校。實際上，我也不曾對至今的校園生活感到不滿呢。點數制度實在也讓我很愉快。」

高圓寺好像也很喜歡這間學校本身，畢竟他似乎有在盡情享受呢。

畢業後可以靠自己想辦法的學生，就不需要拘泥於A班。

「妳被人討厭，好像也無所謂呢。」

「他人的計分之類的不具任何意義。」

威風凜凜回答的鬼龍院，覺得滑稽似的笑了。

「原本是我打算提問，結果好像變得都是你在發問。」

鬼龍院彷彿要說這次要攻守交替地拋出疑問。

「差不多就說說你的事情吧。」

「為什麼是我呢？學力優秀的學生多得是。」

「這是直覺喔。因為我的直覺告訴我，眼前經過的你不是泛泛之輩。」

毫無根據的直覺。

跟我以為或許相似的高圓寺完全重疊。

「這次的無人島野外求生上，你打算以第一名為目標嗎？」

「應該沒有學生不想變成第一名吧？除了妳這樣的人。」

「第一名就姑且不談，我也是其中一個正在以前幾名為目標的人。進入前幾名就會得到個人點數。我是拿到錢就會花光的那種人呢，總是很缺錢。」

班級點數和保護點數是其次。

鬼龍院好像只是為了眼前的個人點數而參加。

「南雲或桐山他們當然會瞄準第一名。學弟妹們之中也算是聚集了一群很有能力的人吧？這次的特別考試也是決定學校第一名的戰鬥。」

「或許的確是這樣。」

需要的能力不僅限於學力或身體能力。

如果是比綜合能力的比賽，也可以說就正如她說的那樣吧。

「我對你產生的興趣有沒有失準，就要看你在無人島上的表現了。」

「硬要說的話，我是很希望學姊的興趣失準呢。」

「原來是這樣，你這學弟講話真有意思。我很期待能與你一戰喔，綾小路。」

鬼龍院這樣說完，就像在趕小動物一樣，用手輕輕示意我離開。

「那麼我就告辭了。」

雖然遇見了奇妙的三年級生，但唯有一件事很確定。

若要在下一場特別考試上以前幾名為目標，我也必須打倒鬼龍院。

以及她似乎會是與南雲和桐山同等，或是更加棘手的對手。

6

綾小路離開後，鬼龍院也一直停留在那個地方。

悠哉且自由自在地度過一天，對她來說就是每天都要做的事。

她的視野中，搖曳著她看得很習慣的一頭金髮。

他身旁也有剛才離開的學生會副會長桐山的身影。

「哎呀呀，忠犬帶著飼主回來啦？」

「什麼……？」

「你會生氣就是因為自己有自覺喔，桐山。我不記得自己有明講就這個狀況來說誰是忠犬，誰是飼主——不過，雖然這是要由什麼都不知道的旁人來看呢。你問我為什麼？因為離開又回來的人是桐山，而只有忠犬符合了這點。」

鬼龍院對靠過來的桐山，以及站在一旁的南雲再次這麼說。

「真是個讓人火大的女人……」

「這種講話方式很難聽呢，桐山。不像是形象認真的副會長。」

「南雲，跟這女人扯上關係是浪費時間。你應該很清楚吧？」

「我的意見相同。你們兩位能立刻從我的視野中消失嗎？很浪費這難得的時光。」

「妳以為妳是誰？再說妳這傢伙——」

「鬼龍院，妳可別傷害我重要的學生會夥伴喔。」

南雲拍了桐山的肩膀，打斷他說話。接著強行讓桐山退下，並站在鬼龍院的面前。

「重要的夥伴嗎，你的話裡完全不帶情感耶。」

「只是妳這麼覺得而已。」

「好啦，學生會長找我有什麼事嗎？我還以為我們不會再面對面了呢。」

「可以的話，我也不想久留。」

南雲這樣說完，就強行在鬼龍院旁邊坐下。

「妳是個美女，但沒有可愛的氣質。我對沒有可愛氣質的女人不感興趣。」

「我有可愛的氣質啊，只是遇不到能引出這點的男性。」

「要是有男人可以從妳身上引出可愛氣質，我還真想看看耶。」

「我也想呢。不過你的興趣就姑且不論，為什麼我會不受歡迎呢？」

「因為太有能力的女人很難應對。真不巧，我也無法喜歡這類女人。」

「原來是這樣，這樣我大概一輩子都不會受到你的賞識吧。如果原因是過度優秀才會到這個年紀都交不到半個男朋友，那我真的很能理解。」

南雲享受了一下與鬼龍院無意義的文字遊戲後，就提出了正題。

「我從桐山那裡聽說了。沒想到對我和堀北學長都不感興趣的妳，居然會對綾小路感興趣。我聽見這件事的時候，可是很吃驚呢。」

「你是特地來刺探理由的嗎？學生會長還真閒啊。」

「因為已經完成統治，現在時間多到不知該怎麼辦呢。」

「你好像也有某些誤解。我不是對你們不感興趣喔，南雲。對於感興趣的人，我一定會搭一次話。我對你和堀北學都曾經感興趣。」

鬼龍院這樣說完，就輕撫南雲的瀏海髮尾。

「你好像不會疏於保養頭髮呢，我很清楚你比我這個女人更留意這點。學生會長會受歡迎應該也理所當然。這三年期間，你在戀愛方面應該也有進步吧？」

「妳沒跟男人交往過，會了解戀愛的基礎嗎？」

「我的確沒有戀愛經驗，但這不值得羞恥。倒不如說，這也能說是在提高我的價值吧？」

「妳好像還是老樣子，想法很奇怪呢。」

雙方再次展開奇怪的對話，但南雲立刻回歸正題。

「所以，綾小路怎麼樣？他是值得妳持續感興趣的人嗎？」

「他是個可愛的學弟呢，所以我就先對他說了些好聽話。但這樣就結束了。」

「結束？意思是失去興趣了？」

「暫時保留呢。他和我面對面交談，但沒有讓我掌握實際狀態。這也不是不能說是一種能力，但比起讓我一次就失去興趣的學生會長，他更能讓我享受。」

「三年級裡能這樣用這麼小看我的語氣說話的，就只有妳。」

南雲靠近鬼龍院的耳際這樣低語。

「要是妳覺得自己比我強，我也可以幫妳矯正那份驕傲喔。」

「我會在下次的無人島野外求生上接受挑戰。」南雲向她遞出戰帖。

「你輸掉時失去的東西將會無可計量喔，學生會長。你好像有某些誤會，但我並沒有低估你。因為我沒有你或堀北學那種優秀的統率能力，也完全沒有建立夥伴的才能呢。實際上，我到目前都不曾擁有可以發自內心稱做朋友的存在。對吧？」

南雲感到有點無趣地把臉移開了她的耳邊。

「不過，除此之外的要素就另當別論了。」

雖說離開，但雙方臉也只距離不到四十公分。

鬼龍院以銳利眼神凝視南雲。

「妳是說我有不如妳的地方？」

「哎呀呀，你能斷言絕對沒有不如我的部分嗎？」

「我給了妳好幾次機會測試這點，但妳什麼也沒做。這樣的結果之下就是B。」

至今為止，南雲數度與桐山他們的班在特別考試上競爭。

但鬼龍院沒有合作過半次，A班於是被擊破並掉下B班。

「如果只看結果，的確是慘敗呢。」

桐山瞪著愉快地說著話的鬼龍院，但沒有打擾兩人的對話。

「哎呀，事到如今我也知道妳不是會拘泥在A班還是B班的人了。」

像在說這樣就談完了，南雲從長椅上站起。

「打擾妳了，鬼龍院。好好享受剩下的校園生活吧。」

南雲留下這句話並打算離去。

「雖然我剛才說要保留對綾小路的評價，但我覺得他是很有趣的學生喔。」

「什麼？」

「這就是你期望的我對綾小路的回答吧？」

接觸鬼龍院是為了問出她對綾小路這個人的感想。這就是理由之一。

「有趣？他的個性感覺跟有趣差得很遠耶。」

看吧，上鉤了——鬼龍院彷彿這麼說地笑出來。

「不是有句話叫深藏不露嗎？因為他似乎在高難度的考試上拿下滿分。」

「多少也是有討厭引人注目而隱藏才能的傢伙。雖然那種人我全都一個個打倒了呢。我不覺得他值得說是有趣。」

南雲這樣說完，就看了一眼在稍遠處等著的桐山。

「硬要說的話就是氣質。因為我感受到他擁有和你或堀北學都不一樣的氣質。」

「真抽象耶。」

「既然這樣，你測試看看不就好了嗎？」

「我當然有這個打算。因為這次的無人島野外求生裡，說不定就有機會看到那傢伙擁有的實力。」

「堀北學畢業後，你好像很無聊呢，對你來說學弟會是很好的玩伴嗎？如果你認真挑戰的話，無人島考試的第一名當然會是你呢，南雲。」

「嗯，我當然會拿下第一名。又或者是對我燃起反抗心的桐山呢。但如果要拿下所有獎勵的

話，應該還會需要一組吧？妳就扛起那項職責吧，鬼龍院。需要的話，我會給妳有用的夥伴。」

南雲在這裡說出接觸鬼龍院的最大理由。

鬼龍院理解似的笑了。

「原來是這樣。你會來見我，目的就是要求合作嗎？」

「妳大概會覺得第三名就讓學弟妹拿走也好，但我沒有這麼溫柔。」

「你有無數個願意替你做事的棋子吧？不需要依賴我。」

「意思是妳沒有幹勁嗎？」

「現在我前百分之五十就很足夠了呢。讓你白跑一趟，抱歉啊。」

南雲似乎已經知道她會這麼回答，而面向其他方向。

「妳就是這種人呢。我因為跟妳同為三年級生，所以才試著找妳說話，但這是在浪費時間。」

暗示離開的南雲往桐山身邊邁步。

「我就給特地過來的你一個建議吧。」

「妳要給我？抱歉，我不需要低階的人給建議。」

「照這理論走的話，任何人都無法給你建言。」

南雲冷笑一聲，鬼龍院繼續對著他的背影說：

「那麼你就當成是我在自言自語吧。你應該只看著前方，不要去奉陪學弟。要是看著背後的學弟，可是會有慘痛的體驗。」

「無聊的自言自語。」

南雲就像在表示停下腳步很吃虧似的邁步而出。

無人島特別考試的前哨戰，在各處都日漸激烈。這也已經剩下很短的時間。再一個星期就會結束的小組成立步入佳境，全校學生有九成以上都進入了隸屬兩人以上小組的狀態，變成生命共同體的關係。石崎和松下等來邀請我的學生們隨著時間漸漸消逝，不久後不見蹤影。因為越晚組隊，自己就會越危險，所以這也理所當然。

剩下不到一成的學生們，下週五之前會如何做決定呢？我想著這種事的時候收到一則訊息。寄件時間是星期六的早上九點三十分之後，寄件人是二年B班的石崎。雖然覺得他最近真的很常聯絡我，但這訊息內容好像跟平常不一樣。聯絡內容是龍園在找我，希望我來咖啡廳。看見沒有附上「可以的話」這些文字，大概就類似是強制召集。

我當然也可以拒絕，可是這樣石崎就要負責任了。雖然我今天安排要和綾小路組見面，不過幸好集合時間是中午過後的一點，所以應該不會重疊。我準備完畢並出發前往櫸樹購物中心則是十五分鐘後的事。

如果時間還有多出十五分鐘，要趕上這段距離也非常綽綽有餘。在小組成立也終於來到尾聲的情況下，至今貫徹沉默的龍園也開始行動了嗎？

目前龍園還沒有跟任何人組成小組。雖然也不是沒有來邀請我的可能，但實際上我可以看成可能性很低。儘管留著這種可能性，但我還是很有興趣他會在外面告訴我什麼。

前往櫸樹購物中心的途中，我碰到了感覺從超商出來要回去的神崎。

塑膠袋裡露出了兩罐兩公升尺寸的寶特瓶。

「你這個時間要去櫸樹購物中心嗎？」

「因為無人島考試開始的話，到時也會沒時間悠哉呢。」

時間還有點充裕，所以我轉而和他站著聊天。

「D班的組隊好像也正在進行，你卻還是一個人嗎？」

「因為我跟其他學生不一樣，朋友不多。」

我打算試著像這樣參雜玩笑地帶過，但神崎的表情有點嚴肅。

「難道不是因為你跟堀北都是為了填補D班弱點的支援人員嗎？因為優秀人才放到哪一組都能留下結果。」

對於從上次就提昇我的評價並警戒的神崎來說，看起來只像是這樣吧。

「意思就是至少目前是一個人的你，就是在負責這項職責吧？」

神崎在C班目前同樣是單獨一人，沒有跟任何人組隊。

「綾小路，你好像深受一之瀨信任，但我真的能信任你嗎？」

「要是我說你可以信任我，你就會信任嗎？」

「至少可以當作參考。」

寶特瓶周圍的空氣被冷卻，浮出了水滴。

輕鬆就超過三十度的盛夏氣溫，無情地往我們兩個襲來。

「雖然同盟本身解除，但我不認為一之瀨是敵人。」

我不是以謊言，而是以真實回答神崎。

「這說法視理解方式而定呢。就連C班，你都不理解成是敵人嗎？」

我還以為可以巧妙地蒙混過去，但神崎的戒心好像比想像中還高好幾個層級。

「神崎，你想從我這裡引出什麼資訊？」

他跟平時的樣子不同，給人像在著急什麼的印象。

如果去預測他想誘導的方向性，就會稍微看出他的目的。

「你打算從我這裡得到某些承諾，然後把這些話告訴一之瀨嗎？」

「……你好像是比一之瀨……不對，你是比我們想像中都更敏銳的男人。從遇見你時就有種無法捉摸的不可思議感覺，但如今我也總算看出來了。這代表著D班的躍進，背後有你的存在。」

「不知道耶。」

「那我就會想要硬是拜託你幫忙。一之瀨對你有強烈的信任感。就是因為這樣，我希望透過你去告訴一之瀨，憑現在的她是不行的。」

他往我靠近一步，一滴水珠從塑膠袋往地面落下。

「所以，你在期待一之瀨的想法會改變？」

「沒錯。」

「抱歉，我不能幫這個忙。因為我想要看看一之瀨的做法呢。」

「意思是你想要看著身為敵人的我們沒落的樣子嗎？」

「雖然你這種過於穿鑿附會的看法也沒錯……」

我稍作思考。今後等著一之瀨的命運會是如何，現階段當然誰也不會知道。不過在她最後墜到谷底時……

我有一瞬間產生猶豫，心想要不要把我的想法告訴神崎，不過馬上就作罷了。在這裡多做不在計算內的事，狀況也不會好轉。

倒不如說，應該只會變成混入多餘的異物。

「如果要說根本性的事，自己的班級就只能靠自己想辦法。沒錯吧？」

「……是啊。這或許確實是依賴他人的行動。」

神崎反省自己行為似的向我低頭。

「我認為自己得出一個答案了。可是我卻希望可以不要執行。希望有簡單的一條路，於是不由得轉往輕鬆的方向。」

神崎這麼回答，就往宿舍方向走去。

他應該是因為沒有餘力而焦躁，但有句話也叫做狗急跳牆。

下一場特別考試上，神崎似乎也會作為強敵阻擋在我們面前。

1

我在約定時間稍早前，抵達櫸樹購物中心裡的咖啡廳。我結完飲料的帳並進到裡面之後，就發現平常沒有交集、令人意外的兩個男人聚在一起。

一個是把我叫來的罪魁禍首，而另一人是——

「我聽說還有一個人會過來，原來是指綾小路啊。」

二年A班的葛城康平表情僵硬地往我看來。

即使不至於說是水火不容，但這兩人絕對不算很要好。

「這究竟是怎樣的集會啊？」

「你打算站著聊嗎？坐下吧。」

龍園覺得滑稽似的笑著，我則按照著他的指示在空位坐下。

這裡籠罩著至今不曾體驗過的獨特氛圍。

「我原本就覺得你擁有跟普通學生不一樣的氣質，你似乎藏著超乎想像的獠牙呢，綾小路。

居然在那場考試上拿滿分。」

我被升上二年級就沒交談過的葛城追究數學的事。

「呵呵，別逐一佩服這種往事嘛，葛城。」

「往事？對於出現意外的強敵，你還真是從容不迫啊。你是因為打敗一之瀨並升上B班，所以高興得忘乎所以嗎？」

「你在說什麼啊？我從一開始就沒有把隨便自爆的一之瀨放在眼裡。」

不愧是令人意外的組合，果然已經開始充滿討厭的氣氛。

「……所以呢？告訴我把我叫來是在打什麼主意吧。」

因為這句話，這集會的主辦人確定就是龍園。我和葛城一起等待龍園的發言。

「急什麼？多放鬆點啊。」

「我怎麼可能放鬆。光是被人看見跟你待在一起都會很棘手。」

葛城會很在意周圍地催他說話也不足為奇。

就算是假日早上，當然也存在很多學生的目光。

看見我們的同年級學生應該都會藏不住心裡的衝擊。

「下次的特別考試，A班打算以什麼為目標？」

「什麼——是指？所有人的目標應該都是一致的呢。」

「我是指要單獨以班級點數為目標，還是採取其他方式。就我看見OAA上的小組，你們好像是以C班和D班為中心組隊，但鬼頭似乎是單獨一人。再說一之瀨和柴田跟坂柳同組，實在也很可疑。你們合作了嗎？」

我也很好奇這件事。除了剛才龍園舉名的三個人，A班的神室和橋本也跟C班的秀才二宮組了隊。而且擁有特殊卡「增員」的原本是朝倉，但現在持有的卻是A班的橋本。我不覺得這是單純的偶然。

「怎麼解釋都是你的自由，但是不要擅自斷言。」

「我沒有在這裡要求什麼討價還價。我需要的只有正確答案。」

「既然這樣，我就給你一個好懂的答案吧。我不打算告訴你任何事。」

葛城這樣清楚地斷言。葛城和坂柳再怎麼敵對，也不可能把內部狀況告訴身為敵人的龍園

——他以這種理所當然的態度回應。

「坂柳會如何戰鬥，只有當天才能知道。直到她自己說出口為止，任何人都不會知道。如果你無論如何都想知道，就直接問她。」

「你會不知道，不是只是因為你不受信任嗎？」

「不知道，可能吧。」

就像龍園說的那樣，情報不一定會傳到葛城這裡。雖然剛才也說他們敵對，但即使在A班裡，葛城也可以說是唯一不屬於坂柳派的人。

這是不需要特地說出來確認，眾所皆知的事實。

不管怎麼樣，這個話題應該只是暖場。

「真是死腦筋耶，葛城。你去年的這時還在當我的玩伴，現在卻潦倒了。跟一般的廢物存在感是一樣的呢。這就是在派系裡輸掉的人的末路嗎？」

「這樣講的你，也曾經敗給石崎呢。」

兩人互罵對方。儘管是在回擊對方，龍園也始終開心地笑著。

「你沒打算重新往上爬嗎？扯後腿的戶塚消失了吧？」

葛城突然將右拳打在桌上。因為冒出了仰慕自己的彌彥的名字，至今都很沉著的葛城表露出憤怒。

「如果你的目的是惹火我，那你成功了，龍園。你滿意了沒？」

「什麼嘛，你還能產生這種情緒啊？那我就稍微放心了呢。」

龍園啪啪地拍了大約三下的手，就對葛城這麼繼續說：

「你不覺得要是在下場特別考試上讓坂柳退學，是很有意思的發展嗎？」

「……什麼？」

「那傢伙消失的話，A班領袖當然就會不在。這樣你就能再次重回領袖之座。」

「雖然不知道你在打什麼主意，但這是不可能的。就算能在無人島上讓她輸掉，她也擁有寬裕的救助用個人點數。再說萬一怎麼樣的話，她也可以使用保護點數。」

要讓擁有資金與保護點數的坂柳退學，在未來也會是件極難的事。

「確實，想讓那傢伙退學，最少也需要攻擊兩次。不過，我說要在下次的特別考試上執行是在開玩笑。因為無人島野外求生不是要踢下敵人，而是要靠自己力量往上爬的考試。」

可以知道龍園正在一點一點地接近安排這場面的正題。

「如果要把A班納入射程範圍的話，第一名到第三名的報酬將會是一筆非常充足的點數，但因為規則有點麻煩。我想先做好必要的措施。」

「所以你才會把我跟綾小路叫出來？」

「沒錯。」

不論是什麼戰略，葛城都不是會輕易參與龍園計畫的人。我想葛城對坂柳抱著不尋常的情感，但與她為敵也會是在反抗自己在籍的A班。若是一開始爭奪霸權時就另當別論，現在做這種事只會有負面影響。

「話說回來，真虧一之瀨打算跟那個女人合作耶。她是被巧妙地拉攏，還是這也是她那個無能的人自己想到的辦法呢。你不這麼覺得嗎？」

「這我沒辦法知道。而且，如果你跟坂柳說這些話，你也會被回以一模一樣的回答。應該沒什麼具嗜好特殊的人會跟你合作吧。因為你是問題兒童呢。」

他不打算出賣敵對的坂柳，倒不如說是以站在她那邊的形式回答。

「既然這樣這裡的人全都是問題兒童呢。」

我們三個都還沒有跟任何人組隊，而是單獨行動。

不過，他為何要特地做出刺激葛城的舉止呢？就算再想煽起葛城的敵對想法，他都不會輕易地背叛，只要看見至今的發展似乎也會明白。

還是說……他是在仔細確認葛城不打算背叛坂柳的態度？

「很好啊，葛城，你那無謂的耿直也是不錯。」

「拍我馬屁也不會有任何好處，龍園。」

龍園到這邊似乎終於決定要進入正題，於是重新坐滿了椅子。

「這次特別考試上其中一件重要的事，就是不被奪走二年級擁有的班級點數。我可不想被一年級或三年級從中牟取私利呢。為了這樣，就必須在最低限度上尋找夥伴吧？要靠自己班上獲勝的話，戰力會很缺乏。」

他在組成小組就要結束的時間點提議合作。

「我覺得如果要把B班的小嘍囉加進來戰鬥，那我不如自己一個戰鬥還比較好，可是若可以從其他地方拉入戰力，就另當別論了。」

他用有點毛骨悚然的笑容與視線抓住葛城。

「你該不會打算叫我幫忙吧？」

「不只是你。在那裡呆呆聽著對話的你也是喔，綾小路。」

那視線也望向了我。

「……我也要嗎？」

「我怎麼可能毫無意義地找你過來呢。」

我推測可能性很低，想不到他還真的來要求合作。

「我拒絕。雖然說報酬也會進入A班，但我沒打算跟你這種人合作。」

「這決定下得還真快啊，事情要聽到最後。」

「沒必要。不過──為什麼也要把綾小路叫來，你就告訴我吧。」

「你說為什麼？」

「綾小路在四月底的特別考試中考到數學滿分是很驚人的一點。我認同這確實是非凡的能力。可是，這能說是為了取勝而選擇的稱職人選嗎？」

葛城立刻否定合作一事，似乎對龍園的戰略懷有不滿。

好像不接受擬定的戰略裡包含我。

「你覺得我立下半吊子的戰略嗎？」

「沒錯。班級點數的報酬也會因為加入綾小路而降到三分之一。反正都邀請了我這個A班的學生，把鬼頭加進小組才會是明智的選擇吧。如果需要是三個班級，C班的神崎也還是單獨一人。至少優先度會比綾小路高。」

葛城就像參謀一樣，提出正確的組員人選。

「你什麼都不知道，這也難怪，但我的選擇沒錯。對吧，綾小路？」

「我不懂你的意思耶。」

「別再用那種很假的演技了。因為你是一度打敗我，讓我沉寂下來的男人。」

葛城同意似的聳肩，表示不懂受邀的理由。

龍園不在乎我的情況，就這麼說出口。

雖然也能當作玩笑話，但在場的葛城不會隨意得出結論。

「讓你沉寂？……這是真的嗎？」

他向我和龍園雙方確認真相。

「嗯，我被悽慘地打敗。拜此所賜，我甚至一度決心要退學。」

聽到這種地步，葛城心裡應該也會有各種地方連接在一起。

如果與他有段時間從舞台上消失重疊的話，就很容易想像了。

「你就承認吧，綾小路。在這裡繼續瞞著葛城，我也只會繼續說下去喔。」

倒不如說，他做出近乎威脅的舉止，表示連超出必要的事都會說出來。

「就算我承認，你覺得我會合作？」

「哎呀，應該跟葛城一樣無法輕易達成吧。」

傾聽我們對話的葛城嘆氣。

「我還是無法接受剛才那段話。我不相信綾小路打敗你。我剛才也說過，如果要三班合作，就算拿下第一名，班級點數也只會各得一百。完全不會縮短你打算追上的那段跟A班的差距。」

葛城對這個小組的存在意義感到強烈的疑惑。

「這麼說也是呢。我都完全忘了耶。作為參謀，我會給你及格喔。」

龍園賊賊一笑並這麼說，並再次把視線移到葛城身上。

龍園在這種狀況下也沒軟下稍微胡鬧的態度。

「原來是這樣……我才在想你怎麼會說出效率差的三班合作，加上什麼被綾小路打敗的異常

事情，看來你從一開始就沒有在認真討論。」

葛城似乎理解成龍園從頭到尾都在胡鬧，而打算離席回去。

「你說認真討論？你從一開始就很清楚不可能會進行那種事吧？但你卻來到這裡。你是被拜託來為了A班進行間諜活動嗎？」

葛城回應了他也能無視的邀約。

這確實毫無疑問有某些理由。

「雖然你行屍走肉的，卻依然在某處摸索復活的機會。對吧？」

坂柳把名為戶塚彌彥的那名仰慕葛城的學生逼得退學。

龍園正在確認葛城是否打從心底原諒了這樣的她。

「不管我有沒有想法，跟你一點關係也沒有。」

「反正你都來到這裡了，就把話聽到最後吧。」

「就算聽完，我也不會幫任何忙。我和坂柳確實幾乎處在對立關係。可是我不希望給同學添麻煩。也不可能這麼做。」

龍園聽見葛城這番話，就愉快地反覆拍手。

不是瞧不起葛城，而是彷彿在等這些話。

「不希望添麻煩？你忘了從去年的無人島考試以來，你們A班因為跟我的契約，所以每個月都會不間斷地送來鉅款嗎？」

葛城就這樣站著把移開的視線重新對著龍園。

「那是對等的契約。我從你們班收下兩百點，這不過是A班相對要付出的代價。我只是讓A班獨自遙遙領先。」

「如果只看數字確實是呢。不過，你們每個月都會受到精神上的損害吧？心想為什麼必須把自己的個人點數分給別人。」

人其實意外是欲望很強的生物。即使原本就是計劃如此進行的事，也會開始感到不滿。每個月、每個月都要被龍園持續搾取每人兩萬的點數。雖說現在少了一個人，整個班級是七十八萬點。整年下來仍會有九百三十六萬點進到龍園的口袋。如果是喜歡的對象就算了，對目前正打算與A班對峙的敵人領袖不斷進貢的行為，感覺一定很糟糕。更何況締結這份契約的不是班級領袖坂柳，而是現在變成陰影般存在的葛城。

「你一定覺得待著很不舒坦吧，葛城。但你因為愧疚，不可能復仇呢。」

「就算如此……那又怎樣？」

再次點燃怒火的葛城，露出隨時都要上前抓住龍園的眼神。

龍園看見這眼神似乎確定了什麼，於是這麼告訴他：

「來B班吧，葛城。」

龍園做出大膽至極的邀約。

葛城的思緒顯然暫時停止，甚至忘了憤怒。

「你說什麼蠢話。叫我去B班？」

「不夠的點數，我當然會幫你出。」

「就算你有必要的點數，為什麼我就得去B班？你說我會自願捨棄A班的地位嗎？」

「坂柳不久後就會被我拉下，那麼一來那個班級就只會往下掉。總之，現在的A班會沒有任何價值。對吧？」

少了坂柳這個首領，要在最前線戰鬥下去的確會很困難。

「你手頭上有多少點？」

「……一百八十萬左右。」

「什麼嘛，算是存了一筆啊。就算腐爛了也還是A班呢。」

不過，距離兩千萬點當然還是無止盡地遠。就算把每個月學校匯入的點數，與從A班徵收的加在一起，龍園的錢包也只會每個月一點一點地增加八十萬。要問手頭上有沒有一千萬，應該很難講。

知道會被吐嘈的龍園拿出一張紙，擺在桌上。

「你對這個有印象吧？這是去年跟你締結的契約。」

「……嗯。」

「我跟坂柳談判，決定以五百萬放棄這件事。」

儘管相當昂貴，但如果純粹計算今後到畢業為止要支付的點數，大概就會減少一千萬左右。加上付給龍園點數的精神負擔會消失，A班也可以重整心情。這提議怎麼想都是龍園吃虧。

如果要一次付出高額的個人點數，坂柳當然也能料到龍園會利用那筆點數做什麼。就這次的考試上來說，她會認為這是為了組成最適合的小組，或是為了拿來當作蒐購強力卡片的試金石。

但可說坂柳是知道這些風險，仍答應這個會變得壓倒性優勢的談判。

換做我是坂柳，應該也會贊同龍園的提議。

「你沒說是要利用這筆點數拉攏我嗎？」

「你該不會覺得我說出來，坂柳就不會接受這個提議吧？」

「……不，若是坂柳的話，她應該會接受吧。」

葛城認同坂柳不可能拒絕對他們自己只有好處的提議。

「這種機會不會再次降臨喔，葛城。」

把一直束縛葛城的契約作廢，然後利用那筆點數得到葛城。

換句話說，就是對葛城康平這個人付出兩千萬點的鉅款。

然後，意思也是葛城就能被允許堂堂正正地與坂柳對決。

「為什麼……要為我這種人做到這種地步？」

「呵呵，你對自己的評價還滿低的嘛，葛城。不過這的確不算是便宜的購物呢。」

龍園該做的就只有打敗A班。就算打敗坂柳並把她逼到退學，葛城留下來也不理想。如果重視防守的葛城當回首領，A班就無法避免地會變成一座堅固的城塞。

但先擊潰葛城，之後再打敗坂柳，就能一口氣瓦解A班。

也就是說，為此他不打算吝惜必要的花費。

然後，他對葛城個人的強大能力應該也有十足的好評。葛城在OAA上的綜合能力也很高，要是加入現在的B班，葛城就會變成第一名。

「契約作廢的五百萬，加上你手頭上的點數。剩下不夠的點數，我也都已經從班上的人身上徵收完畢。為了把你接進來，我會強迫他們過貧困生活呢。」

即使只是從五月到七月，如果是三十九個人在儲蓄，會存下將近六百五十萬的個人點數。剩下不夠的部分，只要從每個人身上回收不到二十萬就可以。當然，B班的資金應該會暫時枯竭，但如果可以拉攏頂尖的學生，絕對不算是昂貴的買賣。龍園拿出另一張預先準備的契約。上面寫了葛城要利用提供的點數移到龍園的B班的協定。

「趕快簽名吧。因為要使用兩千萬點移動班級有幾個條件呢。旁人無法強制性命令特定人物移動班級。這宣言必須完全是由本人自發性，並以自己的資金移到任意的班級。」

這張契約是為了不讓葛城拿著鉅款逃走，或用於其他用途上。

不過，如果把這麼大筆的點數用在喜歡的事情上，葛城也會被冠上詐欺的嫌疑。也就是說，這張契約的目的不是為了防止葛城的不正當行為。

而是為了不讓他改變心意的契約。

「看來你是認真的呢。」

「太好了呢，葛城。就是因為你到今天都是單獨一人，所以我才打算邀請你。」

龍園表示——假如葛城跟某個人組成小組，就不會有這樁事。

「你就想成這也是命運地接受吧。」

從椅子上站起的葛城暫時沉默地佇立原地，接著放棄抵抗地重新坐回椅子上。

葛城藏在心底對坂柳的復仇心。

龍園漂亮地將其引出，成功把他拉攏為夥伴。這樣葛城就加入龍園的勢力之下。有一點確定的，就是這對龍園的班級來說無疑是大加分。與A班之間的差距確實縮短了。

葛城慢慢在那張契約上簽名。

「要把我拉攏過去是可以，但你尋求的是什麼？我隨意表達意見也無所謂嗎？」

「隨便你啊，你的死板意見偶爾也會派上用場吧？」

龍園收下簽完的契約並這麼回答。創下在這所學校史無前例，個人移動到其他班級的先例。

而且還不是到A班，而是移往B班。這可以說是兩個條件重疊才會完成的偶然產物。龍園因為掌握著同班同學，一聲令下就能讓班級準備個人點數的強項，以及葛城是個在A班被孤立，對領袖心懷不滿與復仇心的人。若說有需要擔憂的部分，就是他們必須在下一場無人島考試上拚命逃亡吧。B班裡有餘力支付懲罰點數的學生應該有限。

「對了，綾小路。你在幹嘛？」

「咦？」

龍園看見我把水倒入杯中剩下大約五分之一的咖啡裡，感到不可思議地這麼問。

「沒有，我突然想到不知道把咖啡稀釋三四倍左右會是什麼味道。」

我坦白說出疑問，龍園和葛城都露出更加覺得費解的表情。

「……你還真奇怪耶，綾小路。」

葛城一副覺得毛骨悚然，對我說出這種有點過分的發言。

「所以，你邀請綾小路打算做什麼？把D班學生加入小組，報酬就會減半。」

「沒人說要把他拉進這次的小組吧？」

「不然你希望他幫忙什麼？」

「就是綾小路抽到的試煉卡呢。」

龍園提及分配給我的卡片。

「把那個賣給我們吧。」

還以為他要我幫什麼忙，原來是這麼回事啊。

「你在收買葛城上籌點數應該會很辛苦。有辦法準備足以買下的點數嗎？」

「若是五十萬左右，那我總有辦法籌到。這樣就夠了吧？」

要賣掉試煉卡的話，確實只有這個時機吧。雖然不算是很划算的交易，但至少可以幫惠準備點數。

「我要附上一個條件。擁有減半卡的學生，要跟我們班持有搭順風車的學生交換卡片。如果你接受，那要我賣掉也沒關係。」

就算惠不能組成六人組，在三人的狀態下受到處罰，只要利用減半就可以控制在一百萬點。能把她放在確定安全的範圍很重要。

「呵呵，那就說定了呢。如果是減半卡就剛剛好，對吧，葛城？」

「反正我手頭上也會沒點數。拿著減半卡也沒意義。」

說起來，發給葛城的好像就是減半卡。

要是拿著試煉卡的龍園變成第一名，他就會一口氣拿到四百五十點班級點數。

B班就會看見班級點數一千的大關。

2

沒多久就迎接了成立小組的期限——七月十六日。

我早上準備出門，就有通電話打來。來自石崎。

『嗨——綾小路，早啊。』

「你居然會打來，真難得耶。」

『很快就是小組的期限了吧？關於這件事，我有點事想說。』

「是西野的那件事嗎？她到昨天好像都還沒跟任何人組隊。」

我還沒確認今天早上的ＯＡＡ，是狀況有變化了嗎？

『結果她在班上還是找不到可以組隊的對象，最後就去拜託了一之瀨。結果Ｃ班的津邊願意幫忙。』

二年Ｃ班的津邊仁美嗎？她學力和身體能力都在Ｂ以上，是戰力充足的學生。

「那就太好了呢。」

『嗯。雖然這樣一來，我們Ｂ班幾乎全都順利組成了兩人以上的小組……』

Ｂ班目前還沒組成小組的學生。

「你是指伊吹，對吧。」

『對，只有伊吹那傢伙還是一個人。你能不能把別人加進來啊？』

「獨自挑戰特別考試很危險。我懂你想設法的心情。」

但從石崎的樣子感覺得出他說服過無數次，而且都失敗了。

「給我一點時間。我不是沒有頭緒。」

『真的嗎？抱歉啊，一早就來講這種事。』

我告訴石崎之後再聯絡他，並掛斷電話。

然後決定試著聯絡可能願意跟伊吹組隊的人。

幸好那個人物還沒離開宿舍，我們決定在大廳會合。

我等的堀北在我搭下樓的下一班電梯現身。

堀北也是少數還沒展現要跟別人組隊的態度的學生。

「小組的事，妳打算怎麼做？」

「你現在才問啊。什麼怎麼做？我這次不打算組成小組。考慮到小組人數最多六人，先單獨行動也不是壞事。」

「我知道妳是要讓自己可以臨機應變。但萬一妳身體不適，在那個時間點就會失去資格，並且會無法付清高額的懲罰而退學喔。」

雖然這擺明不是我該特地忠告的事。

「背上這點風險的覺悟是必要的吧？你現況下沒跟任何人組成小組，不也是因為相同的理由嗎？」

「即使如此，我跟妳要背的風險還是不一樣。」

「你說有什麼不一樣？」

「去年，妳在無人島考試前生病。」

「想不到你居然會提出一年前的事呢。不管是誰都曾經生病。」

「是啊。妳冬天也因為發燒而請過假。一年之間是兩次。」

「意思是若是去年碰巧沒請過假的你，這次也不會生病嗎？」

「要說自我管理的問題的話，我比妳還有自信。」

如果提出全勤獎的事實，堀北也只能接受。

「知道了。我的確比你還更做不好自我管理。我承認。但就算在這地方有不安因素——」

堀北看見我的雙眼，讓自己有點激動的語氣冷靜下來。

「妳了解就好。我從一開始就不打算反對妳的做法。」

要徹底做好身體狀況的管理。

能讓她強烈意識這件事就夠了。

「可是單獨行動依然很危險。」

「是啊。」

「班上沒跟任何人組隊的，只有我、妳、高圓寺這三個人。剩下的都組成至少兩人以上的小組。可以的話，妳應該先組成兩人組，做好保險。」

「班上剩下的只有你和高圓寺同學。換句話說，已經沒辦法組隊了。」

「同班的話是沒錯呢。」

「女生裡還有剩下沒跟任何人組隊的人嗎？」

「嗯，我只想得到一個人。」

「誰？」

「二年B班的伊吹。妳沒在OAA上看到嗎？」

「話說回來，我之前看的時候，她還是一個人呢。」

「我聽石崎說覺得很擔心，他問我有沒有人願意和伊吹組隊。為了這次的特別考試，妳要不要跟她組隊，堀北？」

「我跟伊吹同學？」

「如果是兩個女生的話，也可以跟任何小組會合。妳就聽聽他們怎麼說，怎麼樣？」

「確實有保險手段比較好是事實……好，我就聽一聽他們怎麼說吧。」

堀北好像認為自己也不能愛理不理，於是答應會與伊吹見面。

我決定先聯絡石崎，要他午休空出時間。

3

接著到了午休後，我領著堀北前往要與石崎碰面的地方。

「喔──綾小路！這邊這邊！」

石崎在遠處發現我，就馬上彈起似的揮起手。

他隔壁也有伊吹不高興地雙手抱胸、往我們這邊瞪的身影。

「她已經答應了？」

「看她那個樣子，很難講耶。」

若是聽過這件事並打算組隊，她的心情似乎相當不好。

應該當作石崎沒詳細解釋就直接把她帶過來。

「快點過來這裡嘛──！」

石崎進一步蹦蹦跳跳地強調。

「你擁有相當親近的朋友呢。」

堀北對石崎的態度有點退避三舍。

「他是個好人喔。」

「就算這樣，我還是不太想接近他呢。」

他在過度熱情這種意義上跟須藤很像，但石崎有他不同的一套呢。

「到底怎麼回事？綾小路跟堀北怎麼會在這裡？」

果然沒有告訴她嗎？

我和堀北互看對方。在這場面上把進行交給石崎似乎讓人擔心。

「其實我有件事要商量，才會請石崎把妳叫出來。」

因為無可奈何，我開始在此做起說明。

「所以呢？」

「聽說這次的特別考試，妳打算自己一人參加？」

「這是我的自由吧？」

她冷淡地簡短回應，甚至讓覺得難以接近。

「我都勸過她好幾次最好組成小組了呢。」

「我不需要。」

「哎呀，與其說是不需要，倒不如說是沒人跟她組隊吧。」

不知道石崎是想幫忙還是妨礙，他常常多嘴插話。

我為了用眼神讓他閉嘴而望向他。

「咦？幹嘛啊，綾小路？」

可是……這種請求完全沒傳達過去，石崎這麼反問。

「沒什麼。順帶一提，在這裡的堀北也和伊吹一樣，沒跟任何人組成小組。」

「這又怎麼了？」

「因為下次的無人島考試，要是沒有組成小組會相當不利。不用說是三個人，只要組成兩人組，就算最壞的情況是某方中途退出，也還是可以繼續考試。」

解釋到這種程度的話，她也會知道我在說什麼了。

「因為距離期限也已經沒快時間了呢。」

「你該不會是要我跟堀北合作吧？」

「嗯，就是這樣了呢。」

「啥！講什麼自作主張的話啊？」

「她在身體能力上似乎沒問題……但除此之外我就有些不滿了呢。」

「是說，妳也是在自顧自地說些什麼啊！」

伊吹粗魯地強行縮短距離。

然後瞪著在後面一臉悠哉的石崎。

「你也想讓我跟堀北組隊，所以幫了忙？」

「我不知道對方是堀北啦，但組隊不是也很好嗎？」

「我最討厭這傢伙，但比起他，我更討厭堀北。」

「這傢伙」指的就是我。她貼心周到地將指尖遞到我的眼前。

「綾小路同學，她還滿討厭你的呢。」

「不知不覺之間就這樣了呢。不過，雖然妳好像更被她討厭。」

「這是我的榮幸。」

我跟堀北說悄悄話似乎惹火了她，她毫不打算遮掩焦躁。

「我不知道你是受堀北之託還是怎樣，但我絕對不會組隊！」

她真的很不喜歡堀北耶。

她對我強烈表示拒絕。

「哎呀，我可不記得我說過要跟妳組隊。」

堀北看見伊吹的態度，說出這種話刺激她。

「啥？妳什麼意思啊？」

「妳好像誤會了什麼呢。妳是剩下來才會落單，但我是打算獨自戰鬥。即使同樣是孤身一人，狀況完全不一樣。」

堀北有點傻眼地這麼回答。不過伊吹見狀，似乎燃起了鬥志。

「我也是自己希望才獨自應考。是說，既然妳說要自己考，那不是正好嗎？一決勝負吧，堀北。」

她把銳利眼神的矛頭從我身上移往堀北。

「我可以說句話嗎？妳為什麼要對我燃起對抗情緒呢？雖然在無人島時或體育祭時有過競爭的機會，但應該沒有特別的原因才對。」

「這麼想的就只有妳。」

就我所知，無人島的打架上是伊吹贏了。

而體育祭的百米賽跑上是堀北險勝。

一勝一敗。不過，絕對很難說彼此都有出全力。

首先，無人島考試上，堀北在發高燒下被迫進行不利的戰鬥。體育祭時伊吹因為過度在意堀北，所以跑步亂了陣腳也沒錯。

換句話說，如果問哪方比較優秀，現狀下無法判斷。

在屋頂上跟龍園一起敗給我的伊吹，之後也曾經打算分出高下而前來挑戰。

總之，她的個性就是不分清楚勝負，就不會接受。

她想在這次的無人島野外求生上賭上存活地競爭。

這麼一想，伊吹根本不可能與堀北攜手合作。

「看來是在浪費時間呢。」

「等一下啦。妳是接受，還是不接受？」

「我不是想單打獨鬥才選擇獨自一人。特別考試開始的話，我也會選擇臨機應變地跟某個小組會合。」

如果是一對一的話，比賽或許就會成立，但這的確不會成為公平的勝負。

「真遜。」

「我不是因為遜不遜而進行特別考試。」

伊吹在白費力氣，堀北只是淡然地回覆她所有的挑釁。

「如果妳單獨戰鬥的意思很強烈，就算我組成小組，也請妳努力不要輸掉。如果妳因此獲勝的話，我就會稍微認同妳。」

「……正合我意。」

堀北和伊吹根本不可能組隊，談判破裂了。

不過她故意在最後藉著挑釁，讓伊吹的幹勁變得堅定，只有這點沒有錯吧。我簡單向石崎道歉，同時決定跟堀北回教室。

「妳一開始就知道伊吹不會接受這件事吧？真溫柔啊。」

「我是打算透過挑釁，讓她亂來並失去資格呢。」

我覺得這種不坦率的回答方式，真的很像是堀北的風格。

暴風雨前的寧靜

第一學期的結業式很快地就到來並度過，快到讓人覺得很沒意思。

我們已經不得不往下一個目標勇往直前。

我們將睽違一年離開這所學校，接著要前往港口搭上大型客船，前往某處沒見過的無人島。學校沒給我們時間慢慢來，宣告明早起特別考試就會開始。學生們集合在教室聽簡單說明，一如往常地來自己的班級上課，等待班導現身。螢幕上顯示確認有無遺漏的簡單檢查表。

學校允許攜帶最多一週份的替換內衣。這是在維持衛生層面上也絕對不可或缺的東西。雖然手機是需要的項目，但在無人島考試開始時應該會被沒收。就算允許攜帶，當然也收不到什麼訊號，所以只會變成負擔。應該會使用在像是支付懲罰或船上的購物吧。

在我等著開始上課的鐘聲時，感覺剛才在再次確認有無遺忘東西的啟誠來到了我的座位前。他一臉嚴肅。

「老實說，無人島的戰鬥是我不擅長且茫無頭緒的特別考試。」

「畢竟離日常生活非常遙遠呢，這也理所當然。」

「女生好像也會特別辛苦，我這個當男人的也沒辦法抱怨吧。」

跟男生不一樣，女生有女性獨有的狀況，可以說很不適合這種考試。

當然，校方似乎也願意盡量關照這點，但女生還是一樣很辛苦。

「雖然是小組別的戰鬥，但我還是打算盡可能地支援你。」

雖然是自己不擅長的特別考試，但啟誠還是表明為了保護夥伴，自己會盡全力的決心。

「是啊。應該能以某種形式互相幫忙呢，到時候我會幫忙的。」

我也答應他會在辦得到的範圍內幫忙。

「可是一個人真的好嗎？搞垮身體狀況就完蛋了喔，萬一變得要受懲罰，就要付六百萬……

這樣就玩完了。」

「目前為止都是全勤獎，算是我為數不多的驕傲呢。」

「最近這些話聽起來都有點像是在諷刺了呢。」

這樣說完並且笑著的啟誠回去自己的座位。不久後就響起宣告新戰鬥的鐘聲，二年D班全體

三十九名學生都就坐了。

進入教室的茶柱，表情理所當然地嚴肅，氣氛變得凝重。

「今天開始就是暑假，你們看起來真是憂心忡忡的。不過這也難怪。」

茶柱打開螢幕與平板。

「那麼接下來要進行最後確認。還有，請目前身體狀況不適的人向我報告。」

持有道具的確認事項、有無不適，以及行程表與必需物品都再次同時顯示出來。幸好二年D班沒有學生身體不適，進行得很順利。不組成小組、選擇單獨一人的高圓寺，這個階段再怎麼說也都很安分。

「好像沒問題。這是再好不過的。」

她確認完出發前的必要事項，沒幾分鐘就關掉了螢幕的電源。

為了集中注意，她用手掌有點溫柔地拍了一下講桌。

「你們不是第一次接受特別考試。而是在這間學校不斷戰鬥長達一年以上，然後儘管在苦難中奮戰也設法熬了過來。但這次的特別考試應該絕對無法輕鬆通過。」

這是茶柱給的忠告、警告這類提醒。

面對絕對沒有鬆懈下來的二年D班，這是教師可以給的建議。

「這是比目前任何考試都嚴苛的試煉，是無法避免的現實。」

茶柱像是要把每個學生的長相都烙印在腦中似的好好看著學生們。

「我只有一件事要先拜託你們。可以的話，不要少掉任何一人，再次回來這間教室吧。」

茶柱只希望這不會變成單程票。

「十分鐘後要在操場集合點名。需要的話，請先上完廁所。」

因為也沒那麼多時間了，學生們急忙地離開教室。

明人他們來到我在門口附近的座位集合後，我就拿著行李站起。

幾乎同時，高圓寺也站了起來，接著不是前往走廊，而是呼喚一名學生。

「可以耽誤一下嗎，堀北girl？」

面對這罕見的行動，不只是我，留在班上的學生們都被吸引了目光。

「你居然會主動找我說話，真難得呢。」

這同樣是被搭話的堀北抱持的感想。

「關於現在開始的特別考試，我有些事情想先說呢。」

「哎呀，你終於有打算積極幫忙了嗎？」

「我就當作是妳答對一半吧。」

堀北對高圓寺這教人意外的話，露出了有點懷疑的表情。

因為她深深理解高圓寺不是會輕易合作的人。

「你的目的是什麼？告訴我與幫忙無關的剩下另一半吧？」

「我認為妳非常渴望前三名小組會被給予的班級點數。沒錯吧？」

「這還用說。視獲得的點數而定，班級說不定會有大幅替換。」

「那我就在這裡做個提議。假如我在無人島野外求生上留下優異成績，我想請妳保證直到畢業之前，我都會有完全的Freedom。」

對於高圓寺這教人難以置信的發言，班上有一瞬間陷入寂靜。

雖然說有附加條件，但他還是表明有打算認真參加特別考試。

「保證完全自由……這提議真是果斷。意思是要我繼續允許你像至今那樣恣意妄為？」

「Exactly。當然不只是允許，我還要請妳心無旁鶩地做事，讓我不論是什麼危害都不會承受到。」

換句話說，例如去年舉行的班級投票。假如今後舉行了在班上選出不需要的學生，並讓其退學的特別考試，堀北就要無條件保護高圓寺。

「這我無法輕易接受呢。同學聽見這種事，應該每個人都會這麼想才對。」

既然在籍這個班級，最低限度互相合作就是某種義務般的事。

不可能輕易批准讓他放棄這點。

「這就類似是畢業前的預付喔。」

我會在下次的特別考試上貢獻，所以接下來就讓我隨意行動吧——這種提議。

「就算是你，似乎也有危機感了呢。班上的夥伴不會一直允許你平時自由的言行。如果再次舉行班級投票那種特別考試，你就會變成眾矢之的。」

雖然高圓寺行為怪異，但視考試內容而定，他也沒辦法迴避危機。

「不要做這種特異的提議。你最好都跟其他人一樣。」

堀北打算拒絕高圓寺的提議是很自然的走向。

但在這邊拒絕，高圓寺也不會在今後的特別考試上合作。有可能的話，頂多就只有自己被逼入絕境的時候。

既然這樣，就算只有這場無人島特別考試，讓他提起幹勁也是一個選擇……

「抱歉，我對你擁有的才能評價很高。只讓你在這次的特別考試上『普普通通』地活躍，接著就讓你觀摩——這樣可不划算。」

她衡量各種事，結果就做出了決定。

「這樣啊，那麼意思是談判破裂嗎？」

「——不。如果加入一定條件，我也可以接受提議。」

堀北有一瞬間讓人以為她拒絕了，但好像是有其他想法。

「以優異成績這種曖昧說法是不行的呢。這場考試上在校內拿下第一名的小組，學校會準備相應的報酬。如果你單獨拿下第一名，作為畢業前的預付，這或許就會是足以讓我們接受的理由。」

如果沒跟任何人組隊的高圓寺獲勝，班級點數就會進帳多達三百點。或許就畢業前的貢獻度來看也能說是很充足。但要在目前隨便就超過一百組的競爭對手們之中拿下第一名，就算是高圓寺也不簡單。

「呵呵呵呵。有道理，如果是單獨拿下第一名，妳似乎確實會接受呢。」

高圓寺放聲大笑，表示這是讓人很愉悅的提案。

「好，談判就以這個條件成立吧。」

「不對，只有這樣不行。」

高圓寺對於胡鬧的提議表現出接受的態度，堀北立刻對他補充：

「我還沒說完我這邊的條件呢。因為要被迫奉陪誇下海口的你，要是你沒拿下第一名就考完也很傷腦筋。」

「意思是？」

「假如你不能拿到第一名，我要你答應在下次舉行的特別考試上也協助班上拿出成果。」

從頭到尾都在隔壁盯著的啟誠，傳來倒抽一口氣的聲音。這只能說是很漂亮的追加條件吧。萬一高圓寺拿到第一名，那這樣也好；就算拿不到第一名，還是會因為追加條件而讓他在下次的特別考試上貢獻。不論怎麼發展，都對D班沒有損失。

接下來就是高圓寺會不會接受這個追加條件了……

「堀北girl還真是提出相當強勢的Order呢。」

「要是我剛才說的條件也可以的話，我就接受你這次的提議。」

「那談判就成立了呢，堀北girl。別忘了妳說過的條件。」

即使接受追加條件，高圓寺也沒有拒絕，並且表明接受挑戰。

「你是認真打算單獨拿下第一名嗎？」

「當然。因為我沒什麼不可能做到的呢。」

堀北做出胡鬧的要求，但好像對於展現自信的高圓寺掩飾不住驚訝。

「好啦，話題結束了。那麼我就走了。」

高圓寺對於談判談妥感到心滿意足，因此離開教室。

每個人都無法叫住高圓寺，只能目送他。

「我完全不知道他到底有多認真呢……」

「哎呀，我想也是。」

「但這是千載難逢的機會。因為成功讓他自己做出承諾。」

雖然我覺得要乖乖相信也有點問題，不過這的確是前所未有的發展。

高圓寺自己為了今後自由自在地度過校園生活，也會需要一定的後盾。如果像至今為止那樣恣意妄為，他在我們該優先保護的同學順位中，就必然會掉到下面的階級。就算他這次什麼也沒說，也會被迫在某處做出對策。

可是如果D班領袖堀北認可，這就另當別論了。

「就算他留下擠進前幾名的結果，只要我們能超越他，這就會是最好的呢。」

堀北這樣說完，就看著我。

「我們拿到第一名，高圓寺同學拿到第二名或第三名——假如能完成這種壯舉的話，我們班得到的好處就會相當龐大。可以一口氣拿回截至目前的落後。」

在單純的計算下，二年D班就會獲得四五百點班級點數。這麼一來，就會上看七八百點的班級點數，並且一口氣升到B班。

而且，高圓寺也會額外在下次的特別考試上留下結果嗎……

「不過真毛骨悚然。因為高圓寺有完全深不見底的這種特質。」

不管是學力也好，身體能力也好，說他有沒有毫無保留地發揮自己的潛力，大概就是沒有吧。我只確定他擁有非比尋常的才能。

「是啊，但他能否輕易拿下第一名就另當別論了呢。」

坂柳和一之瀨、龍園這種代表班級的強者們都會去認真瞄準第一名。

當然不僅如此。就算只有我知道的，一年級就有寶泉或天澤這種新銳小組存在，此外還有大概會很棘手的南雲和桐山、鬼龍院這些三年級生。

然後，雖然至今為止我都沒有說出來，但我本身也打算以前幾名為目標行動。

兩個星期後贏得第一名之座的究竟會是誰呢？

有誰會離開這所學校？

漫長的夏天，正要開始。

1

「七月也已經到了後半段，天氣變得相當炎熱呢。」

月城一邊俯瞰接連進入學校的大型巴士，一邊這麼低語。

「嗯，是啊。」

以不帶情感的話回應的是名一年級生。

月城沒有看向這名一年級生並繼續說：

「請結束分析的時間。這種繼續拖延的行為沒有任何好處。」

「您是要我——讓綾小路清隆退學嗎？」

「無法勝任嗎？」

「我清楚他並非泛泛之輩了。不對，我從一開始就知道。」

「我也會給予最大限度協助。不如說，我已經不可能再給出更多支援了。」

聽見這句話，學生便想起月城強行推動這個計畫。

「意思是您也被迫做出相當亂來的事嗎？」

「對。為了籌措要在這次特別考試花掉的預算，我也做了相當勉強的事，最重要的是我硬是擺平反對設下嚴格規則的校方呢。」

「您很難繼續擔任代理理事長了嗎？」

「應該是吧。畢竟坂柳理事長的不當嫌疑也是時候要被消除了，很明顯我會被免職。正因如此，我在最後準備了盛大的煙火。不論要使用什麼手段，我都希望把綾小路清隆趕出這間學校。可以吧？」

「──好的。我已經不會猶豫了。」

「這就太好了。既然這樣，這場特別考試……就請盡情大鬧吧。等一切都解決，妳也能回到原本的生活。我們彼此都回去該待的地方吧。」

少女慣用的左手自然地充滿了力量。

月城斜眼看著她的模樣，然後溫柔地微笑。

「我很期待喔──七瀨翼同學。」

後記

各位讀者，首先，我想對於發售延期一事致歉。因為現在限制外出，女兒的托兒所休息，太太的身體狀況長期欠佳，以及第二個孩子誕生等等狀況重疊，結果比起執筆的工作，我暫且優先支撐了家人。

託各位的福，我的家人變多，環境也開始平穩下來，所以騰給寫作的時間也開始逐漸增加。然後，正因為現在是這種辛苦的時代，也讓我再次感受到不能忘記將自己的作品作為娛樂並期盼著的各位。我希望自己一定要在某處填補這次第二集延遲發售。現在還請各位再等待一段時間。

是的，所以——我是衣笠彰梧。大家過得好嗎？我可是滿目瘡痍。

我真的在各方面都很疲勞呢。累積了很多鬱悶。

雖然時間多到發慌的時候，有時也會差點對執筆工作感到沮喪，但這次是第一次體驗了相反的情況呢。讓我寫作吧！——我打從心底這樣大喊。一旦沒時間，真的就會再次認知能工作的可貴。

不過，儘管世上充滿許多灰暗的新聞，我覺得還是有微小的好事。例如說，因為接連地限制外出，各式各樣的店家都開始販售便當，這也成了契機，讓我知道那些至今只有路過的店家的口味。也有好幾家店，是我決定要在恢復平常營業後一定要去的。

那麼，關於發售的二年級篇第二集，這是接續到第三集之後的前哨戰。我基本上都有注意要一本一場特別考試，但只有這次似乎無法這麼說。

由於是全年級正式以勝利為目標戰鬥，因此光是這樣，故事無論如何都會很長。由於會變成超越以往的「待續」形式，即使在這種意義上，我也希望可以盡快將下一集交給各位。

今年還有兩本……真想出版呢。我辦不辦得到呢……

所以，這部分也請各位稍微注目一下。

不可以過度期待喔！☆

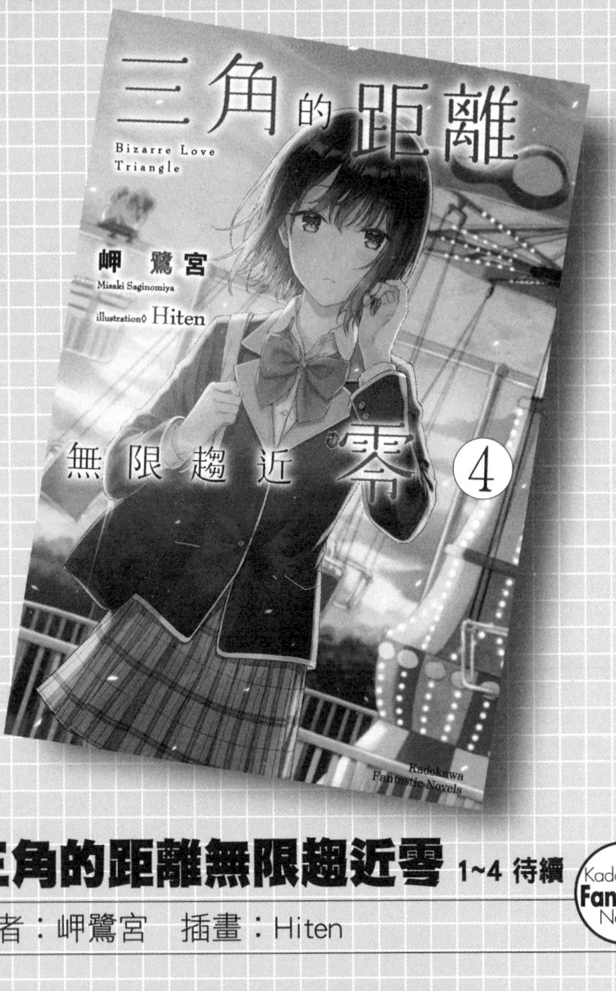

三角的距離無限趨近零 1~4 待續

Kadokawa Fantastic Novels

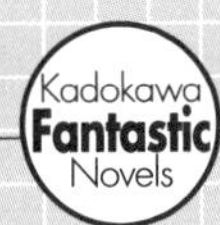

作者：岬鷺宮　插畫：Hiten

我愛上的那個女孩體內住著兩個靈魂——
與雙重人格少女譜出的三角戀愛故事。

矢野在跟春珂與秋玻接觸的過程中，戀情也在心中萌芽——又在某一天突然宣告結束。然後他變了。所以，為了找回剛認識時的「他」，我——我們展開了行動。在沒有交集的教育旅行途中，我們努力追逐矢野同學，就算我們已經不是情侶——

各 **NT$200~220/HK$67~73**

在流星雨中逝去的妳 1~5 待續

作者：松山剛　插畫：珈琲貴族

「夢想」與「太空」的感人巨作，
迎來最高潮的第五集！

平野大地回到高中時代。神祕學妹「犂紫苑」出現，說了「我就是蓋尼米德」告知自己的真面目……與幕後黑手「蓋尼米德」的對決、伊緒的失蹤、潛入Dark Web、黑市拍賣、有不死之身的外星生命、手臂上出現的神祕文字、來自過去的可怕反撲——

各 **NT$250/HK$83**

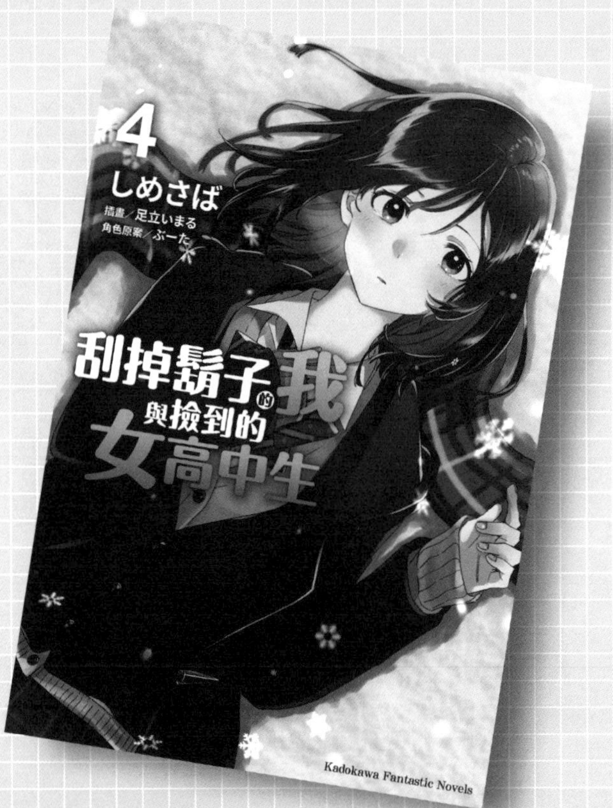

刮掉鬍子的我與撿到的女高中生 1~4 待續

作者：しめさば　插畫：足立いまる　角色原案：ぶーた

上班族 × JK，兩人的同居生活邁入倒數計時!?
日本系列銷售突破70,0000冊！

沙優的哥哥一颯突然來訪，兩人的同居生活突然面臨結束。回家期限在即，沙優緩緩道出自己的往事，關於學校，關於朋友，關於家庭。沙優為何會離家出走，而來到這麼遙遠的城市呢？這段日子跟吉田住在一起，她所獲得的又是什麼？事態急轉的第四集！

各 **NT$220~250/HK$73~83**

一房兩廳三人行 1 待續

作者：福山陽士　插畫：シソ

單身上班族奇妙的同居生活突然展開。
與兩名JK共譜溫馨的居家戀愛喜劇。

由於父親託付，單身上班族駒村必須暫時照顧過去關係疏遠的表妹——打扮時髦的女高中生奏音。為生活急遽改變傷腦筋的駒村在下班途中遇見了離家出走而無處可去的女高中生陽葵，沒想到她竟然也硬是住進了駒村家中——

NT$220/HK$73

青梅竹馬絕對不會輸的戀愛喜劇 1~3 待續

作者：二丸修一　插畫：しぐれうい

群青同盟這次要到沖繩拍攝影片！
在海邊穿上泳裝，白草即將展開反攻！

聽說要去沖繩拍影片，看女生們換上泳裝的機會來了嗎？只是目睹白草穿便服，我就心動得不得了。不過，我跟黑羽正在吵架，她肯定有什麼隱情，但這次我並沒有錯！除非她主動道歉，否則我不會原諒她！局勢令人猜不透的女主角正選爭奪賽第三集！

各 **NT$200~220/HK$67~73**

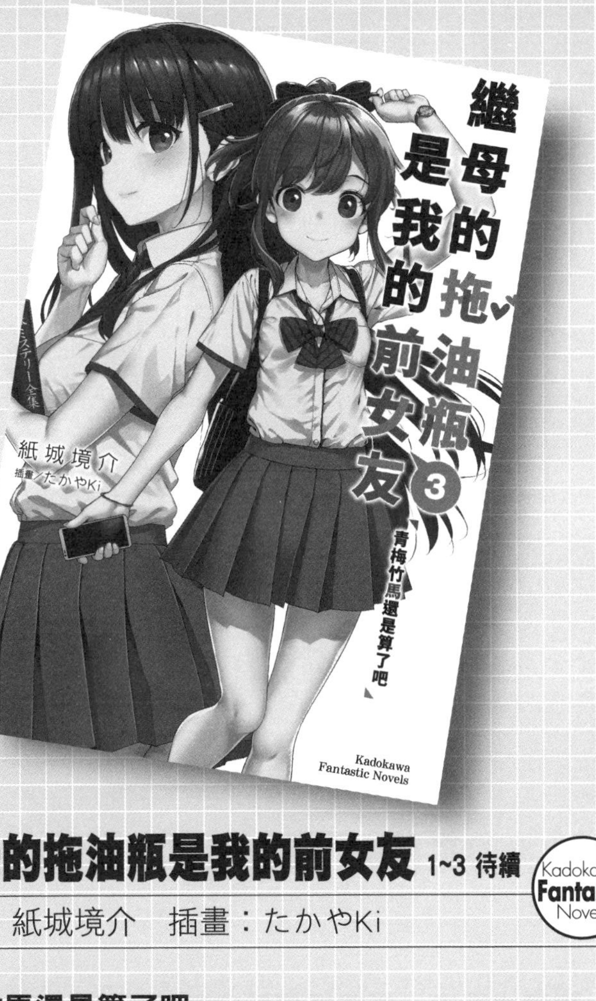

繼母的拖油瓶是我的前女友 1~3 待續

Kadokawa **Fantastic** Novels

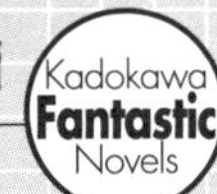

作者：紙城境介　插畫：たかやKi

青梅竹馬還是算了吧。
一旦有個萬一，將會無處可逃——

儘管變回摯友，水斗與伊佐奈的距離感仍讓結女不安。曉月與川波這對青梅竹馬的關係卻教人更難理解。結女與水斗於是想方設法讓他們直面黑歷史——用以前的暱稱互相稱呼，假裝正在熱戀。而明明只是懲罰遊戲，兩人卻忍不住關注起對方的一舉一動……

各 NT$220~240/HK$73~80

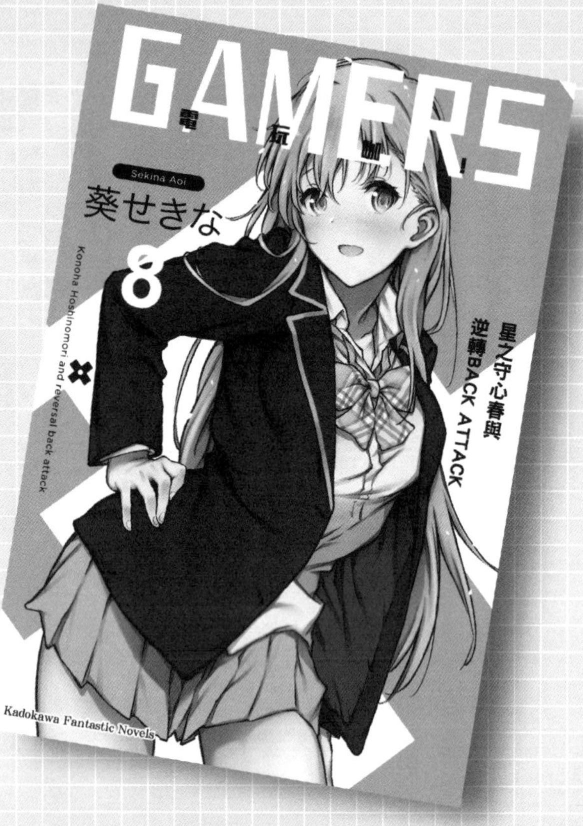

GAMERS電玩咖！ 1~8 待續

作者：葵せきな　插畫：仙人掌

教育旅行後，兩組情侶邁向新的關係。
戀愛的少女們趁這個機會展開行動。

希望故事在這時候能搖身一變，轉型成清新戀愛喜劇，然而——「我、我已經不是『女友』，而是『前女友』了喔！」廢柴女主角分手以後還是放不下。趁這個機會，戀愛的少女們展開行動。於是，到了聖誕夜，「人為的奇蹟」翩然降臨於某段戀情。

各 NT$180~240/HK$55~75

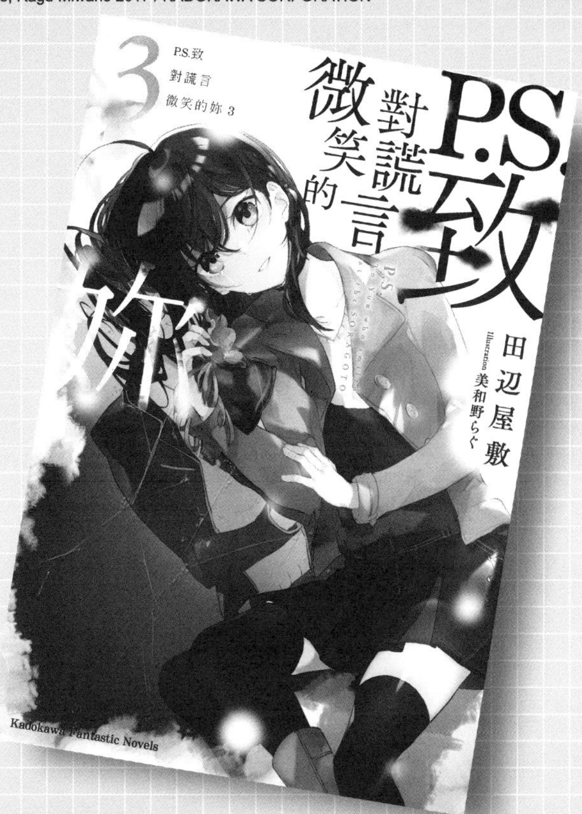

P.S.致對謊言微笑的妳 1~3（完）

Kadokawa Fantastic Novels

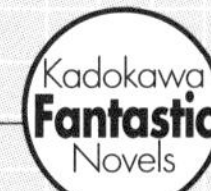

作者：田辺屋敷　插畫：美和野らぐ

遙香突然出現在正樹的學校，
不僅失去記憶，連本性也消失了？

遙香為什麼會出現在我的學校？又為什麼失去了與我之間的記憶？更重要的是，為何「遙香的本性消失了」──？為了尋找解決的方法，我試著接近變得莫名溫柔的遙香，在暖意與突兀感中度過每一天。但是在聖誕節當天，遙香說出了令人難以置信的話──

各 **NT$200~220/HK$65~75**

國家圖書館出版品預行編目資料

歡迎來到實力至上主義的教室. 2年級篇/衣笠彰梧作 ; Arieru譯. -- 初版. -- 臺北市 : 臺灣角川股份有限公司, 2021.01-

冊 ; 公分. -- (Kadokawa fantastic novels)

譯自 : ようこそ実力至上主義の教室へ 2年生編

ISBN 978-986-524-175-9(第1冊 : 平裝). --

ISBN 978-986-524-616-7(第2冊 : 平裝)

861.57 109018309

Kadokawa
Fantastic
Novels

歡迎來到實力至上主義的教室 2年級篇 2

（原著名：ようこそ実力至上主義の教室へ 2年生編 2）

2021年7月29日 初版第1刷發行
2024年8月16日 初版第7刷發行

作　者：衣笠彰梧
插　畫：トモセシュンサク
譯　者：Arieru

發 行 人：台灣角川股份有限公司
總　監：呂慧君
總 編 輯：蔡佩芬
主　編：林秀儒
編　輯：黃怡珮
設計指導：陳晞叡
美術設計：宋芳茹
印　務：李明修（主任）、張加恩（主任）、張凱棋、潘尚琪

發 行 所：台灣角川股份有限公司
地　址：104台北市中山區松江路223號3樓
電　話：（02）2515-3000
傳　真：（02）2515-0033
網　址：www.kadokawa.com.tw
劃撥帳戶：台灣角川股份有限公司
劃撥帳號：19487412
法律顧問：有澤法律事務所
製　版：巨茂科技印刷有限公司
ISBN：978-986-524-616-7
